NEW FORCES
OF LITERATURE

文艺
新实力

云沧海 著

小小悲欢

浙江工商大学出版社
·杭州·

图书在版编目(CIP)数据

小小悲欢 / 云沧海著. —杭州: 浙江工商大学
出版社, 2022.12
　　ISBN 978-7-5178-5158-5

　　Ⅰ.①小… Ⅱ.①云… Ⅲ.①散文集—中国—当代
Ⅳ.①I267

中国版本图书馆CIP数据核字（2022）第196392号

小小悲欢
XIAOXIAO BEIHUAN
云沧海 著

出 品 人	鲍观明	
策划编辑	沈　娴	
责任编辑	孟令远	
责任校对	金芳萍	
封面设计	朱嘉怡	
内文插画	丁静娟	
责任印制	包建辉	
出版发行	浙江工商大学出版社	
	（杭州市教工路198号　邮政编码310012）	
	（E-mail:zjgsupress@163.com）	
	（网址:http://www.zjgsupress.com）	
	电话:0571-88904980,88831806（传真）	
排　　版	杭州朝曦图文设计有限公司	
印　　刷	杭州宏雅印刷有限公司	
开　　本	787 mm×1092 mm　1/32	
印　　张	6.625	
字　　数	116千	
版 印 次	2022年12月第1版　2022年12月第1次印刷	
书　　号	ISBN 978-7-5178-5158-5	
定　　价	68.00元	

作者简介

云沧海

本名张小燕，女，1973年7月生于洪泽湖畔。中国致公党党员，江苏省作家协会会员，江苏省摄影家协会会员，淮安市政协委员。"云沧海民宿"联合创始人，淮安市民宿协会会长。著有长篇小说《各自天涯》。自我评价：业余作家、业余摄影家、业余商人、业余设计师、业余手工匠人。

序　言

生活中那些悲欢时光

清晨，晨露还没有散去，东方的地平线已升起霞光。新的一天是这样翻开的，就像我翻开云沧海《小小悲欢》一样，清新、灵动、机智的文字让我感受到另一种境界的快乐。

我所知道的云沧海是个奇女子：其一，她是个实业家。她有自己的公司，有自己的经营团队，有自己的投资产业。她一个当年的"文青"纵身跃入商海，十年打拼，十年创业，终于有了现在的公司规模，其中成功的喜悦交织着创业的艰辛，历练出了她作为一个实业家的素质，这对于一个女子来说不能不称"奇"。其二，她是个作家。大凡一个作家的成长总是从他的"少年有梦"开始的，云沧海也不例外，少年时代的她读诗写诗，诵读名篇，也曾梦想过以文字为生。她说："文字情怀逐渐淹没于俗世尘埃。"就在将近四十岁的那年，她忽然想到要给自己留一个"里程碑"，不辜负曾经的文学之梦，于是她打开电脑写长篇小说。每天晚上在忙完商务工作之余，历时几个月，四十余万字的长篇小说《各自天涯》诞生了。小说第一版的发行量就达五万册。2013年她被江苏省作家协会吸纳为会员。2022年9月，她的纪实体散文集《繁华不远，乡愁很近》由中国旅游出版社出版，记录了她在乡村民宿道路上的"心路历程和物理改造过程"，让人对她改造的"云沧海民宿"非常向往。少年时的文学梦在二十多年后顽强地开出鲜艳的玫瑰花来，这是一种无法用语言形容的欣悦，难道不能称"奇"？其三，她是个摄影家。商海博弈，走南闯北，云沧海见闻多了，思考多了，感受也多了，特别是心静下来的时候，过眼的美景，个性的瞬间，需要用镜头定格，需要用凝视冥思。于是她就扛起一套摄影设备，走走拍拍，无师自通。很快，她的摄影机镜头中就有了大量的美景图片和她想象的艺术造型。后来她去参加摄影大赛、摄影展览，竟然也能获奖和参展。没过多久，她就顺理成章地成为江苏省摄影家协会的会员了。2021年以来，她将她喜爱的摄影造型艺术与她喜爱的小清新诗歌"嫁接"，原创了带有她个人烙印的作品——《云中观沧海诗画小品》。这样的作品她认认真真地装帧好并挂到网上，居然还卖出去几十幅，难道说这还不够"奇"？其四，她是个手工达人和设计高手。她自己投资、自主设计的"云沧海民宿"已成为远近闻名的"网红民宿"，接待游客逾百万，被评为江苏省"十佳夜宿"第一名。云沧海作为著名民宿品牌创始人，被央视邀请做专题访谈，在央视演播室接受了主持人朱迅的采访。

奇女子云沧海的第二部长篇小说《莫家小院》已经工程过半，她自信这部长篇肯定超过第一部，她自信她这部作品的人物性格更鲜明，故事更精彩。这头还没放下，这不，她又用自己的QQ空间日志整理出散文随笔集《小小悲欢》。她仿佛一座休眠多年的火山,突然喷发,令人惊叹。

　　翻看这册不厚的《小小悲欢》,篇篇都是她多年以前那些寻常的生活印记,融鲜活、自然、谐趣、感动于一体。其中有与父母、兄妹、孩子相亲相爱、相濡以沫的情感交流,有大好河山游历的心得追记,有一草一木引发的感慨惊叹,还有人生遭遇曲折不顺时的自省。通篇读来,让我有两个方面的感受:第一,感情丰沛,细腻真挚。好的散文要的就是以文写情,以情感人。这一点云沧海的文字表现得非常好。在《妈妈的令箭荷开花了》中,我们可以看到可爱的母亲与伶俐的子女轻松有趣的相处片段;在《子非鱼》中,我们可以看到一种对生命的牵挂和伤感;在《欠一次告别》中,她写父母之间的鹣鲽情深,以最平实的笔触记录生死离别,催人泪下;在《给外婆搬家》中,天上与人间的相呼相应,都拨动了情感上最脆弱的弦。第二,语言清新,富有韵味。任何好的文章都少不了语言的表达和呈现,云沧海的语言给我留下了很深的印象。比如在《美丽天湖纳木错》中她这样写道:"天蓝蓝如洗,水蓝蓝如镜,风飘飘吹衣。海鸥飞处,云彩洁白轻盈若天使的羽翼,波光清澈如仙子的眼波流转,遥远的雪山连绵起伏成巍峨恢宏的背景。纳木错似乎包容了世上可以描绘的所有蓝色。清浅淡蓝、神秘灰蓝、高贵宝蓝、迷人深蓝、深邃黑蓝,由浅入深、由淡转浓的层层蓝色,让我心醉神迷。此刻，我只想俯首感恩我有一双清明的眼，能清晰地看到这涤净心灵的蓝色梦幻。而我的心，正盈盈飘起，在这洁净圣湖里，悠悠荡荡。"语句如诗如画，描述这圣湖之境再准确不过了。再如《鼓浪屿的冬天》中："可是厦门冬天的冷与故乡的冷完全是两种气质。她冷得波澜不惊，一如这个城市，美丽繁华之中静若处子，世俗之中又处处透着清新。因为这温和的微凉，青头紫脸的江苏仁美女也在厦门的蒙蒙烟雨中一点点仪态万方起来。"这段文字从厦门冬天的冷与北方冬天的冷的不同气质入手，轻松地描述所见城市，用"静若处子"的美好描述厦门，随之转而描述天气是"烟雨蒙蒙"，落在"江苏仁美女"在烟雨中如花一般苏醒开放。文字不多，却涵盖了多重意象、多重元素、多重信息，读之品之，条理清楚，表述恰当。可见她的语言功底扎实，也正因为具备了这一条件，她的文字读来轻松愉快，不乏谐趣和反思之处，会有广泛的受众。

我喜欢清晨，我喜欢呼吸着清晨的新鲜空气，感受生活的每一天，把悲欢的情感融化在流动的时光中。

希望云沧海能守住手中这支灵动的笔，记取生命长途中，那些小小的悲欢时光。

十品

2022年10月12日

目　录 | Contents

第五辑　小小思绪

第六辑　小小往昔

第一辑

小小物语

　　我相信每一件器物都有灵性，以它的独特材质，在与我进行神秘的对话。这种交流，秘而不宣，妙不可言。

　　把玩琉璃美玉，喜欢紫砂文玩，钟爱名家字画。凡此种种昂贵的艺术品，我基本以视觉感知的方式来欣赏，以实现精神占有。越是"奇货"，越花时间欣赏，这种轻松拥有的方式让我倍感幸福。

我爱琉璃

琉璃，听起来多么温润剔透的名字。

仿佛疏雨的静夜，透过芭蕉的疏影，伴随美人悠悠的一声叹息。琉璃小瓦，别有幽愁暗恨生。

仿佛明灭的青灯，曳动佛前将残未残的一炷香，在悲悯的浅笑里，碧琉璃，串联起穿越时空的神秘与牵念。

仿佛老照片里黑白的长廊尽头，云鬓凤眼的仕女，轻轻摇着素花团扇，琉璃簪，在暮春的午后，依依簪在佳人发髻。

仿佛《聊斋志异》里幽暗的大宅深处，狐仙曼舞低唱，水袖轻扬，琉璃杯，一点一点地滴入人妖殊途的无望。

仿佛花团锦簇的华美深宫，朱红宫墙内，那双因太久的等待而逐渐失去光彩的眉眼，琉璃盏，琥珀光，盛一盏月色苍凉。

琉璃，这个名字，若眸光游离。在我听起来，它总是无端承载着太多神秘、静谧、古老和美丽，还有流光氤氲的爱恋与怅惘。

南京金鹰国际购物中心和德基广场都有琉璃专卖店，精致的陈列架上琳琅满目的展品，辉映着柔和的射灯，流转着温柔高贵的光晕，那是琉璃独具的光焰，高贵出尘似仙子的气质，含蓄内敛如隐士般神秘，婉转迷离若仙女的眼神。每得空闲逛，我就左顾右盼流连忘返，而标价牌上的数字也屡屡让我收拾起荡漾的春心，虽已能近观，但只敢偶尔任性解囊，仍不敢批量袭玩焉。

有时囊中添了几两碎银，我便淘上个把摆件和小挂件等玩意儿解解馋，间或起了贪念，便再去店里逛荡逛荡，饱饱眼福。窃以为，对于昂贵的艺术品，只看不买的视觉享受，也是一种感官上占有的形式吧！

读《小王子》，书中写到商人没有时间搭理小王子，因为商人忙着数天上的星星。那一片星空归商人所有，所以他忙于精确统计星星的具体数目。小王子打扰他的时候，商人正数到第五亿一百六十二万七百三十一颗。作者圣埃克絮佩里通过对商人的描写嘲笑了世人浅薄庸俗的占有欲，在给人深刻启迪的同时，也安慰了囊中羞涩的吾侪。我挺喜欢商人的那一套拥有理论："如果你发现一颗没有主人的钻石，那么这颗钻石就是属于你的；当你发现一个没有主人的岛屿，那么这个岛就是你的。"这个理论启发了我，当这些美丽的琉璃没有具体买主之前，当下它们就是为了供我欣赏而陈列于此，我可以用眼神来认领它们。

从此，对于琉璃、美玉、文玩之类不忍下手的昂贵艺术品，我基本都是以视觉感受的方式占有。对于引发强烈占有欲的好货，我就多欣赏几遍，这种一眼万年、毫无挂碍的占有方式让我倍感幸福。

昨日，美女宇红来南京，送我一件琉璃摆件，绿白菜上一只憨态可掬的小猪仔，造型质朴有趣，置之案头，翠生生、碧幽幽地泛着如梦似幻的七彩。这个礼物让我的琉璃梦又添新丁，让我从视觉占有上升为实际占有，实现了质的飞跃。

我喜极，遂请其去"云中小雅"，在五十五层餐厅徐缓的轻旋中俯瞰南京城，暴饮暴食，以表谢意！

吃罢回家，我久久把玩琉璃新宠，不忍释手。

呜呼！

遂写此文，以隆重纪念、深刻反思吾之玩物丧志耳……

2007年7月12日

紫砂物语

今日偶读梅尧臣诗："小石冷泉留早味，紫泥新品泛春华。"这句咏紫砂壶的诗，雅极！

紫砂壶在我脑中的意象，是氤氲着薄雾的远山中新泥的芳香，是溪水低吟浅唱的清音余韵，是石竹掩映的小径上的月华，是气定神闲的才子和佳人在松间对弈。凝神，不语，山泉叮咚，风动竹帘，紫砂壶在紫檀木桌边，悠悠地品味着雨前的清芬……

多么美丽的意象啊！紫砂壶古雅端凝的姿态，只有如此高山流水的氛围才堪与之匹配。我不是雅士，没有茶圣陆羽的品鉴之才，只是偶有把玩紫砂壶的雅兴，收集过几十把品相参差的紫砂壶。我不懂收藏的高深学问，只求自己喜欢。

年少时爱上的第一把小如意壶，壶身镌刻着"千里江山寒色远，芦花深处泊孤舟"的句子，是我在夫子庙的文玩店用八十元淘来的，那是彼时我半个月的工资。那些年还不流行喝工夫茶，我每天就提着小壶把儿一边对着壶嘴牛饮，一边感受着紫砂带来的幸福感。二十多年前的某一日，我于下班后晚饭前，在餐桌边，单手持小如意壶，左一口右一口地小口浅啜茶香的时候，遭到了我哥的无情批评："你要么去烧饭，要么待一边去，游手好闲地拿着个破壶在劳动人民面前晃来晃去，让人情何以堪！"

知我者谓我高雅，不知我者怪我懒惰，我年少时的紫砂情结，曲高和寡，无人理解。

现在被我养在案上每天泡普洱茶的"一粒珠"壶，本是舅舅花重金购置准备送朋友的，结果蹉跎未送出。此壶品相和做工俱佳，我哄他说："我在茶盘上，每日用茶水养着，壶身会更温和润泽。"于是，茶壶一养兮不复还。壶倒是养得越来越好，舅舅偶来喝茶，夸一两句，我就故意瞅他，舅舅哈哈一笑，就当是宽容了我的小伎俩。只是，他还有一把上好的扁陶壶，我如法炮制地说先帮他养着，他总是笑而不答。

泡铁观音的小西施壶，是才子"红尘一骑"送我的，他是一个心地纯净的大孩子，也是我第一个也是唯一的网友。我当时在文学网上看过他一篇有趣的小文《我想念一把江湖的刀》，彼时我刚学会上网，而他已经是文学网的版主。我顶了这篇小文的帖子，从此与他结下友谊。我的新书是他给刻的章，我的图片是他设计制作的水印，他有了好普洱茶会送给我尝，平时他淘到小杯、小盏、小陶罐之类的小玩意儿，总是拿出来跟我分享。这把小西施壶的壶身镌刻着兰花和一首唐诗，非常美丽。

最昂贵的一把是汪寅仙大师的梅花壶。1988年，一发小给宜兴一机构友情解决了一个重大技术难题，未收费，获赠两把紫砂壶。发小随手转赠给我和哥哥一人一把。我的那把几经搬迁，早就不知所终，哥哥的随手扔在老式书柜的顶上。二十多年过去了，哥哥搬新房子时，发现了这件旧物，使用多日才知悉手中宝物竟价值不菲，就把它馈赠给了他的亲妹妹——我。我时常把壶拿出来跟行家们嘚瑟，显摆壶，更显摆我拥有的慷慨亲情。

还有些我珍爱的壶，后来朋友来访加之数次搬迁，它们或是得遇明主日品香茗，或是明珠暗投惨遭尘封，或是已经散落红尘了吧……

有次，南通一友人来电说把我送的紫砂壶失手打破了，道是心痛不已。那是我从爱壶的表弟家顺手牵羊得来的，转手又赠给爱壶爱茶之人了。一把好壶，就此"与世长辞"，与日日相伴的主人、与曾经的旧主我，都无法再见了。人生路上，每一段都能遇到投缘的人，时过境迁，他们散落在不同城市，远隔千里，虽有电话、微信，但往往相见无期。

人的记忆有明暗，得我赠壶和赠我以壶的人，都应属于我记忆中光明的值得纪念的部分。

2007年11月27日

一盏茶里的云水禅心

浮世喧嚣,追名逐利的脚步匆匆,人生的趣味越来越少,人们都爱说时髦语句,如云淡风清,如宁静致远,如茶禅一味。

这些语句很美,以至于出口之时便已然信了,似乎领悟了人生真谛。说完,混事的照旧酒肉穿肠,贪财的继续蝇营狗苟。

茶禅一味之意韵,不可言传。一盏清茶,一缕秋风,某一刻只可意会的光阴,须眼观鼻,鼻观心;须淡然闭目,心神合一,再一口浅啜,细细品咂,一茎一叶的香醇之中,蕴含着人生真味。

极喜赵朴初大师诗句:

> 七碗受之味,
>
> 一壶得真趣。
>
> 空持百千偈,
>
> 不如吃茶去。

这啰啰唆唆的描述,看似有些故弄玄虚。不就是渴了喝口茶吗?至于说得那么神神道道吗?

我饮茶的时间不长,只小有体味。所谓品茶,我觉得在由喝到饮、由饮到品的过程中,心情和味蕾会在对细节的体会中渐入佳境。

粗略思忖,品茶可有四层境界。

第一层,牛饮。饮茶者浮躁焦渴,不辨滋味,咕嘟咕嘟地灌个水饱。此境界中人好似挑担赶路的货郎,急着到目的地赚钱,至于茶水是温是凉,茶叶是陈是新,茶娘是媸是妍,倏忽而过,哪里来得及多看一眼。

第二层境界,小口啜饮,身闲却心疲。饮茶者入口时倒也晓得是绿茶红茶、新茶陈茶,也能歇上半刻,咂咂嘴巴,大致评价下这茶,想想每斤市价约是多少。此境界中人像不紧不慢的货郎,走在车水马龙的集市上,间或停下来看看路边的风景,看一会热闹,继续走街串巷,不耽误把今天的货卖完。

第三层境界,遵守流程冲泡。饮茶者知道过程比结果重要,于是偷得浮生半日闲,拉好工夫茶的架势。摆个茶台,选套好壶好杯,先洗茶再冲泡,公道杯分而饮之。是谓入门级茶客,像习了半年国画的新手,梅兰竹菊画得大差不差,能让外行看看热闹,却是粗枝大叶,少了些流风回雪的神韵。

第四层境界，上品心境，品上品茶。所谓品，是凝神去感知，用心去体悟，专注地回味。造最美好的情境，煮上好的泉水，泡最合意的茶，选最合适的器皿，在最恰当的时候出汤。那样的茶味，是应天时、顺地利、享人和的水到渠成。好境、好茶、好水、好器、好火候，方达这品茶之至臻境界。那是云水中摆渡禅心的一次奢侈旅行，这种奢侈，可以放下物我，唯品茶中风月。

既然说到品茶境界，我索性班门弄斧，认真探讨探讨品茶之至臻五要素。这五要素，一曰造境，二曰择茶，三曰配器，四曰烹泉，五曰好火。

先说造境。这境应是心境。

想起郑板桥名句："楚尾吴头，一片青山入座；淮南江北，半潭秋水烹茶。"这是多么开阔壮美的品茶场景。品茶并不意味着要奔去幽谷泉边，或在富丽的庭院中，而是需要一种宁静美好、无车马喧的心境。

我偶然结识了一个开过茶馆的男孩，原本他靠卖画小有积蓄，因爱茶开了茶馆。他格调清幽古雅的茶馆隐于闹市之中，犹如红尘中的一方净土。由于他生性过于忠厚木讷，不善经营，茶馆就倒闭了。他花五百元一个月在巷弄里租了个仓库，堆放搜罗来的紫砂制品等各种藏品。我听说之后，便想向他购买几件心仪已久的紫砂雕塑，于是请人约了他，去他的小仓库淘宝。等我兜兜转转找到那间小屋子，却看到他一个人正坐在堆满各种储物纸盒的仓库里,自得其乐地喝着茶。彼时正是晴好的午后,阳光照在窗口雕花的旧茶案上,其上放着紫砂的扁陶壶,养了多年的壶身散发着古雅莹润的光泽。他手里拿的是薄胎的青花手绘荷叶瓷杯。茶案一角,一个陶土的小瓶中,插着几株错落有致的铜钱草,绿绿的小叶子宛如袖珍的荷叶,顿时把这茶台点缀得像国画一般。窗口一只旧笔洗里,还有大把的铜钱草沐浴着阳光,尘封的小屋顿时焕发盎然生机。我正在心里赞赏着他平和的心境,他却让我自己先随便看看藏品,自己在地上铺开宣纸,专心地画起了桌上的绿色植物。

我在那一刻深切体悟到,最好的造境来自最雅的心境,心中有大美,就不需要金屋华彩,不需要小资矫情,只需要有一隅静处,有一盏茶,片刻安宁,小小意趣,自有最阳春白雪的造境。

其次说择茶,最适合的就是最好的。

要根据品茶者的不同体质,甄选茶的品种,兼顾不同的味觉需求,在齿颊留香的同时兼顾养生保健。比如西湖龙井、信阳毛尖、洞庭碧螺春属绿茶类,绿茶性凉,富含维生素、叶绿素、茶多酚这些能清火排毒的物质,还抗衰养颜。炎夏一杯清新绿茶,仿佛绿野中觅得仙踪。红茶是发酵茶,滋味甜醇,暖胃养生,福建的正山小种、安徽的祁门红茶、云南的滇红、广东的英德红茶,都是国内知名的红茶品种。白茶清凉去火,口感清淡;乌龙茶醇厚甘滑,降脂提神;普洱茶口感厚重隽永,可以纤体养颜。

产自不同地域的茶都独具风格。

再说配器，好茶需配好器，若美人需配红妆。

绿茶在薄胎白瓷盏中，一根根新绿的嫩芽跃动着竖在清水中，宛如跳着芭蕾舞的小仙女。

铁观音在盖碗中，满满团团的大叶间，茶汤流转出浅琥珀色的光彩，鼻间醇香满溢，唇齿间淡淡回甘。

红茶要用天青色汝窑杯盛之，白茶要用水晶玻璃盏，还有我钟情的普洱茶，要用最爱的紫砂壶冲泡。紫砂壶松间吟月、流泉映雪的绝世气质，流淌着酒红色的普洱茶汤，茶亦醉人，孰能不醉？

好茶器若佳人之锦衣，丽质天成加之仙袂飘飘，令人饮之相思，不饮断肠。

随后说烹泉，好茶需要好水烹。

《茶经》有云："山水为上，江水为中，井水其下。"又详细说明："山顶泉轻清，山下泉重浊，石中泉清甘，沙中泉清冽，土中泉浑厚；流动者良，负阴者胜，山削泉寡，山秀泉神，其水无味。"这就已讲究到极致了。至于水还有天泉、天水、秋雨、梅雨、露水、敲冰之别，不过讲究这些实在太烦琐。现代人能够用山泉水烹煮冲泡已是极好的了。

最后说好火，出汤要趁火候。

东坡诗云："活水还须活火烹"。洗茶是第一道工序。乌龙茶、铁观音的第二泡最好喝，闻之馥郁，饮之甘醇。普洱茶是发酵茶，一般第三泡后才出味，初泡不超过三十秒出汤为宜，茶叶浸泡过久，入口极苦涩，由此我想起适可而止、过犹不及的说法，确实，茶如人生。

唠叨许久，主题是品茶之四层境界、五大要素。其实品茶如人生修炼，由躁入静，自忙渐闲，安身修心。这是一个修行的过程，至于能达到什么境界，亦是随心随缘，不是按捺心性就能强求的。智僧一休《茶禅同一味》中言："茶意即禅意，舍禅意即无茶意。不知禅味，亦即不知茶味。"

引明海大和尚的一段话为本篇收笔，与诸君共悟"茶之六度"：

遇水舍己，而成茶饮，是为布施；

叶蕴茶香，犹如戒香，是为持戒；

忍蒸炒酵，受挤压揉，是为忍辱；

除懒去惰，醒神益思，是为精进；

和敬清寂，茶味一如，是为禅定；

行方便法，济人无数，是为智慧。

2014年8月1日

子非鱼

那年搬新家，好友送了我高底座的陶瓷淡绿水墨鱼缸和九条鱼儿，说养了鱼儿就会富贵有"鱼"，而九寓意"好运长久"。他还顺带送了我鱼食和小的增氧泵。

我生性懒散，连自个儿都养不好。儿子从小住校，他拜托我代为照顾的刺猬、仓鼠之类的活物，我勉强答应养在楼下车库，基本都是以极快速度一命呜呼。为了少造些孽，我一直很少养活物，因老友用心良苦，所以这一回诚惶诚恐地笑纳了这些鱼儿。

我把鱼缸置于玄关的楼梯扶手边上，一进门就能看见。鱼儿自在悠游在水墨荷花之上，宛如游弋画中，家中倒也平添了许多生机。每天下班回来，我渐渐习惯了先和鱼儿说会儿话，喂喂食，换换水，怕它们撑了，怕空气不好闷了，怕水质不好晕了，怕温度不适病了，各种鸡零狗碎操心。我还陆续买了些水草石子，又弄睡莲漂在水面上，算是帮它们简易装修了住所。

毕竟是生命，总感觉添了些责任。

五条小个头的是锦鲤，灵活泼辣，每到抢食时便迅疾如脱兔。那三条红金鱼好像是叫大红袍，头上花团锦簇各顶一超大红包，比较蠢笨，喂食时被重重的花冠压得抬不起头。有时摆出饿虎扑食的做派，眼神却总是无法聚焦，常和鱼食擦肩而过。好不容易吞到一粒，呼气时竟会呼哧呼哧地随吐气掉出来。我总是担心这些大红袍会不会饿坏。它们头上顶着美丽的累赘，貌似风华绝代，却为此所累，一旦和锦鲤抢食，便毫无优胜可能。人和动物一样，往往为功名利禄所累，徒增烦恼耳，何如心无挂碍，悠游于诗酒田园。

那条娇小玲珑的白色金鱼，我叫它小白。小白伶俐跳脱，一见我来，立马浮出水面，依依辗转回旋，似在与我互动。鱼食一撒，它总是矫健潇洒地率先抢食，感觉美食有一大半都进了小白肚子。有时逗它，不让它吃鱼食，它也不恼，像个老相识一样淡定优雅地绕着你的手指玩耍追逐，不像别的鱼儿一碰就惊慌逃走。据说鱼是没有灵魂的低级动物，记忆只有短暂七秒，可小白为何能认得我呢？难道它是一条有思想、有情商的小鱼儿？

我非鱼，安知鱼之乐？小白非我，安知我不知小白之乐？

与鱼儿共处一室其乐融融，日久渐成习惯，可天下没有不散的筵席，九条鱼现只余七。曾经有三条小锦鲤试过跃出了水面。其中两条被我发现，当时已经干涸地粘在热乎乎的地面上，被地暖炙烤多时了。我把它们放回水里，不一会儿，它们就捡回小命，满血复活，游弋自如了。第三条小锦鲤可能以为能像两位前辈一样，去假日踏青一次还能归来，于是趁家中无人时也纵身跃出龙门。待五天之后我出差归来，可怜的小鱼儿已经被地暖烤成了一条小鱼干，悲惨！

我和儿子一起把它埋在屋后的小树下面，愿小鱼儿能融入大地母亲的怀抱，化作春泥更护花。

大红是最大最笨的那条大红袍，头顶硕大红泡泡瘤子，像戴着沉重的冠冕，喂食的时候头都抬不动。我担心它根本适应不了鱼食大战的残酷，出远门时就把它单独养在一个小的水桶里，以免它在"乱世纷争"中饿死。可是大红还是离我们而去了。

大年初二的早上，儿子跑到床边告诉我大红翻浮于水面。我急忙用增氧泵给它强力输氧抢救，盼魂兮归来，惜乎回天无力。

我总认为大红是老死的，是那种所谓"寻常床箦死"的寿终正寝。衰老的大红坚强地想着要过完这个新年，结果在我家度过了第二个除夕，撑过了大年初一，在初二清晨，和我们缘尽，在那夜纷飞的大雪里，结束了一世修炼。儿子把大红埋在了花园的小树下，在包子一样小小的坟冢上插上了一根松树枝，我们一起念了一句"唵嘛呢叭咪吽"，算是隆重地给大红举行了雪葬。

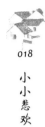

现余七条鱼儿，在鱼缸的水墨暗影里曼妙悠游着，和我们安静地朝夕相处。生命中的过客来来去去，能和这样柔和的小生命共度一段静默时光，也算是一段尘缘吧！

2009年2月23日

"水晶鞋"和"二子"

又逢梅雨季,老天似乎相当委屈,雨如泪注,连车也不用花钱洗了。街边积水若沧海横流,几个孩童穿着彩色雨鞋哗哗地踩水玩耍。在苏北大平原的小城里,孩子们想找踏浪的感觉,也只有踩踩水洼了。

他们咯咯笑着跑来跑去,开心得仿佛成年人中了彩票。看着孩子们穿着彩色的卡通雨鞋,我想到自己有好多年没穿过雨鞋了。马路越来越宽阔平整,城里需要雨鞋的人越来越少。也许有一天,雨鞋也会成为我们这代人的纪念品,仅供回忆。

我是20世纪70年代生人,黑色的塑胶雨靴和塑料铅笔盒、帆布书包一样,对小时候的我们来说,绝对是奢侈品。当别人在一地泥水中上蹿下跳的时候,"胶靴一族"却手持雨伞,无惧风吹浪打,胜似闲庭信步。那份气定神闲,是多么令人羡慕啊!

我们兄妹仨在农村长大,两个哥哥雨天都赤脚上学。在去

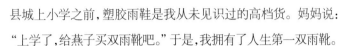

县城上小学之前，塑胶雨鞋是我从未见识过的高档货。妈妈说："上学了，给燕子买双雨靴吧。"于是，我拥有了人生第一双雨靴。

我的雨靴，黑亮亮的塑胶闪烁着熠熠的光芒，在一个还没有读过灰姑娘童话的五岁孩子眼里，那双黑胶靴闪烁的，是远胜水晶鞋的梦幻光焰。那是比"LV""爱马仕"还要奢侈的宝贝啊！不是我从小拜金，那时我梦想的只是那份暴雨中无与伦比的从容淡定。如果我足够煽情，我会说：宁愿穿着雨靴站在泥沼里哭泣，也不愿赤着脚躲在屋檐下傻乐。

那天起，我开始盼望下雨，简直是望穿秋水。偏偏天不遂人愿，整整半年没有下雨，后来整个洪泽湖竟然都干涸得晒出了湖床。罕有的旱灾让我的雨靴无用武之地，如枭雄被搁置在盛世。

沉默的极致是爆发，我的那些步步生莲的想象无时无刻不在诱惑我幼小的心灵。那一天，趁着爸妈不在家，我终于把心爱的"水晶鞋"庄严地穿在了脚上，确切地说，是套在了脚之外，因为它对我而言，委实太大了！我带着那种忐忑、庄严的幸福心情，踢踏踢踏出了家门，在路人狐疑的眼神里，去给我心爱的雨鞋找用武之地。辗转寻觅几番，终于锁定了附近肉联厂排污水的水沟，我勇敢地踏了进去。左三圈右三圈，脖子扭扭，屁股扭扭，真的，我的小脚真正如"出淤泥而不染"的莲花，一丁点儿都没有脏和湿，多么神奇美妙的感受啊！

正当我不知疲倦地在水沟里"跋涉"的时候，我妈买菜回家恰好看到。她以迅雷不及掩耳之势冲过来，薅起我一把提将上去，照着我的屁股啪啪几个实实在在的大巴掌，又将我满是污泥的"水晶鞋"狠狠扯下来，扔到了水井边上。

痛并挣扎着，是我"水晶鞋"之旅的浪漫初体验，而我人生第一次说走就走的短途旅行，就这样被我妈以啪啪几个大巴掌，做了一回极其粗暴的总结。

我妈希望这双珍贵的雨靴能适应我小脚的苗壮成长，实际上，它远远超出了我成长的需要。从一年级到初二，这双雨靴历经七年，在每一个雨天忠心耿耿、不离不弃地陪伴着我走过泥泞的求索之路。直到因严重损坏、无法修补而光荣退休那年，它三十六码，我的脚三十三码，它仍然远远大于"主脚"的空间需求。当然，我也辜负了妈妈对我的脚之成长的"远大理想"。

这是我一生中的第一双雨靴，是我幼小心灵中的梦幻水晶鞋，它光荣地走完了一双塑胶雨靴的坎坷一生。

初三上学期，我拥有了人生中第二双雨靴，也是我迄今为止的第二双。它早在妈妈厂里的仓库中尘封多年。制冰厂发劳保用品，妈妈慷慨馈赠给了我。"二子"是我对它的昵称。

"二子"是一双三十九码的黑色塑胶雨靴，有着它家族特有的塑胶刺鼻的难闻味道，体积比它前任要大许多。至今我的脚也只穿三十六码，可它承载了我妈对我双脚成长的好高骛远、不切实际的展望，因此，庞大的"二子"穿在我当时小小的三十三码的脚上，承载着我二十五千克的体重、一点三六米的身高，显得那么突兀，使我看起来像童话中的人儿，不过那造型绝不是白雪公主，而是森林中滑稽的小矮人。

"二子"之所以对我刻骨铭心，是因某年某月某一个雨天，当然，也应该在雨天。

画面回放：彼时一个清秀的女孩，推着自行车走在放学的大潮中。甫出校门，我左脚踩脚踏，右腿飞过坐垫。当我平稳落座，却发现右脚有些清凉。噢！原来右脚的雨靴还停留在原地，因与我的脚基本无接触，它静默地、安详地、淡定地岿然不动。它真的太大了，套在我小小的脚之外，如同一个不得不低眉折腰事庸人的才子，那么疏离地怀才不遇。

"二子"从未与我的小脚真正融为一体，更不屑配合我的羸弱脚步。于是，在那个雨天，在我抬腿的一刹那，"二子"以沉默的姿势守护了它的尊严，昭示了它不齿与小脚为伍的态度。而我吊着右腿怅然回望，冷漠倨傲的"二子"静静地留在原地，像一尊小小的雕塑，在嘲笑我彼时尚不堪一握的小肉脚。

众里寻它千百度，蓦然回首，"二子"却在，二十五米之外。

而今下雨，我就懒得出门了。城市路况好，而且就算雨天要出门也是开车，于是我就没再穿过雨鞋。

这个下午，我在雨中经过洪泽老街，看到踩水洼的孩子们，想起了童年的"水晶鞋"和"二子"。走神瞬间，陶然忘机，车停在街边，我忍不住笑出声来……

2007年8月23日

里运河边的清荷

清荷不是一朵花儿，也不是一个美女的名字，而是一间爬满常春藤的茶舍，古老的里运河水，在它门前静静流过。

清荷茶舍不大，不到三百平方米，老旧的一溜三间平房，临着青石板的沿河小街，河对面是一大片绿地。平房外墙被茶舍主人改造成了落地的玻璃窗，整片木格子上参差地陈列着小杯小盏和陶土的花器。此时正是夏末，隔着透明的落地窗看过去，半透明的绿意凉沁沁地扑面而来。

作为一个偶尔经过的路人，我瞬间被这典雅的复古情致迷倒了，舍不得即刻离开，于是驻足小坐。我在坐下的那会儿慵懒了下来，于是呆坐了整个下午，待日光西斜，窗格子和藤蔓的美丽影子在榆木矮桌边渐渐消失了，我才恍然记起下午还有点事儿，原本我只是想坐一小会儿而已。

安放心灵之所

我正环顾茶舍四壁，从里间走出一个长发素颜，身穿蓝色绣花麻裙的女子，淡淡笑着点了点头，算是问候，并不打扰我左顾右盼。她自去一个矮桌边坐下，继续翻一本已翻开的书，她是一个天生丽质的美人儿，对别人惊艳的目光司空见惯。

我坐下与她攀谈，她自称是茶舍打零工的伙计，叫阿雅。

她也是路过的时候，被门前蓊郁参差的绿色植物吸引，信步走进来，点了一杯茶，于是和掌柜闲聊。两个中式麻质裙子的女人，一个如安静的青花瓷盏，一个若散漫温润的古玉，一杯茶的工夫，两个惺惺相惜的女人成了朋友。

临别，阿雅说，要不，我来你这儿做伙计吧？

于是，清荷茶舍多了一个静如唐诗的美丽茶娘，掌柜阿珉多了一个朝夕相处的闺蜜。线装的茶单上，秀丽的小楷皆出自阿雅的纤纤小手。

茶舍客人不多，显得清寂。伙计说，往来者大多是爱清荷的老茶客。掌柜的喜欢安静，她把这个店当作自己的心灵安放之所。很多人开店，是为了卖更多的商品，在赚足了钱之后，就不亲自看店了。而掌柜开这间茶舍，是为了存放自己的设计、心情和时光，为了有一个地方，能让自己安安静静地待着，看书，喝茶，冥想。

掌　柜

　　她穿过玻璃窗外常春藤的绿意走过来的时候,我几乎毫无悬念地认为,她应该就是掌柜阿珉,果然。

　　女子短发齐耳,白皙清秀,身穿及踝的白色麻质中式长裙、藏青色的薄麻罩衫,脚踏绣花的平底拖鞋,胸前是一个白瓷的莲花吊坠。我仿佛看到一阕宋词推门而入,带进来整个宁静柔和的下午。她的声音软软的、糯糯的,像江南的桂花糖藕,说不出的绵柔悦耳。她看着我捧着大相机在店里左拍拍右拍拍,全然不担心我抄袭她的设计。因为我喜欢她的作品,所以她也自然而然地喜欢上了我。

　　茶舍的装饰设计皆出自她之手,门前看起来年深日久的绿色藤蔓,其实才长了两年。整面墙绿森森的,都是常春藤、爬山虎和凌霄花藤,墙里有小盆的多肉和陶土的花器摆件,点滴匠心装点着窗台,墙上大小不一的木格子里一格格陈列着精巧秀丽的古雅茶器。中式玻璃矮柜里的宝贝,是掌柜在各地搜罗的紫砂壶、茶宠、品茗杯。老旧的泡菜坛里插着参差的干荷花和干莲蓬,每个小花器都颇具匠心地配之以玉兰之类造型好看的干花。想不到,平日里被弃如敝屣的枯萎花草,被她随意一摆布,便有了别样风情。博古架上的普洱茶饼、红茶、白茶、铁观音都像艺术品一样陈列得错落有致。

阿雅说店里的摆设过几天掌柜就会重新捯饬一番，我品茶的这个矮茶几原是条长桌，前几日刚被锯掉了四条长腿。凳子换成了矮茶几和蒲团，茶客或席地而坐，或盘腿品茗，或倚墙翻书，满是慵懒的和式风情。

"两年前，我就想把每个角落都做成风景。"她说，"我做到了。"几年之前，她还是一家上海公司的主管，六位数年薪，是个带领团队驰骋职场的女子。看着眼前仙气弥漫的"女神"，我根本想象不出她描述的那个骨子里任性狂野的"女神经"是什么样子。

打开她的QQ相册，意外看到了另一个她。三年前，一头时尚的长卷发，牛仔服满身破洞，一副嬉皮士扮相。因为眼前人的"仙姑"气质太先入为主，所以我感觉难以置信。再翻下去，竟然是一个真正的光头造型，而且这疯狂的"朋客"造型在她身上竟毫无违和感。她说是去年过年，突发奇想，想看看自己光头的样子，于是去理发店，剃了个精光。

那些日子，她坦然面对众人的好奇。"很多陌生人恭敬合十叫我师父，以为我是一个遁入空门的比丘尼。"她笑道。什么样的表情在她脸上，都清淡如荷，一点儿不做作。

以我这可怜的想象力，很难想象，一个时髦的都市白领、一名个性张扬的设计师，怎么就蜕变成相册里这个轻灵柔美的"仙姑"了呢？

"职场变道场了。"她说,"开茶舍那天起,突然整个人就静了下来。"开一间花香满径的小店,可能是所有小女人有过的梦想,她也一直梦想着有一个属于自己的小空间。直到有一天,她路过了这间老铺子,面对着古老蜿蜒的里运河,背倚着神秘的老清真寺,矮墙灰瓦,藤绿窗明。她闭上眼,就能想象到被她改造过后的小茶馆和置身其中的旖旎画面,她毫不犹豫租下了这个店面,于是在两年前,里运河边多了一间茶舍,多了一隅别样风情。

傍晚,我有事不得不离开。一个下午的偶遇,时光像小偷一样溜进了墙的缝隙,离开的时候才想起,我忙着聊天拍照,竟然完全零消费。于是我尴尬地选了一个干丝瓜瓤子绑成的小杯刷,她却说:"手工小玩意儿,收什么钱啊?不收不收!"她又送了我一个竹编篓子盛着的花草茶,是她自己用药材配的,说很好喝,可以清火。

馈赠分文未取,说是投缘。

想起阿雅说的,店里有时客人多,吵闹,掌柜就会不高兴,好像她不是掌柜,反而是花钱来里运河边小坐,消费此间情境的茶客。

时间,一朵盛开的花

掌柜引起了我的无限好奇,不几日,我专程又去了里运河边,想到茶舍消费一次。

她正在门口修剪花草,门口的长板凳上晒了大把荷花和莲蓬,原来陶器里插的干莲蓬,都是她自己晒出来的。修剪完,她又开始浇店里的小花。

我说也喜欢种花,就是太耗时间。

"时间,就是一朵盛开的花。"阿珉笑。我努力体会着这句话里的禅意,后来发现,这句话,其实是她的QQ签名。

我揣测什么样的男人,才有福气宠爱着这样又酷又优雅的小女人,却听说,女儿三岁那年,她又恢复了单身。她说,往事不愿再提,也无所谓对错,是两个人的缘分走到头罢了。

当然还有期待,希望在最合适的时间,遇见自己的良人,两人能心意相通,看一眼,便会心一笑。就像茶舍拐角挂着的那幅隶书:人生何必如初见,但求相看两不厌。

关于爱情,不赶时间,就这样,得之我幸,不得,亦无所谓。

"爱自己,爱女儿,所以爱上了时间,并且,要让时间变得更美。"她说。

运河边的茶舍,让属于她的时间,变得很美。

寻常时分,在午后的阳光下,泡一壶普洱老茶头,闲翻着庆山的《得未曾有》。

寻常时分,在微雨的黄昏,倒一杯自酿的车厘子酒,煮一碗桂花红豆羹,打个小盹。

寻常时分，剪剪花枝，每一个旧的瓶瓶罐罐都能修改成别致的花器，姹紫嫣红和萎黄干枝都能装点出四季风韵。

寻常时分，来来往往的都是老茶客，爱上此间的魏晋之风，乘兴而来，随意自处。有人携古琴来练，茶舍的弦歌雅意和悠扬的丝竹之声相得益彰。

寻常时分，成了老友的茶客携一两件爱物赠予掌柜的，或是杯盏，或是陶罐，或是旧的老家具、老器物。

寻常时分，闲看门前画桥烟柳，看里运河水静静东流，慢慢地，给女儿梳头。

美丽的阿珉努力让时间开成一朵花儿，让小小的幸福，如花儿开放。

她酷爱酿酒，擅长用很多种食材酿酒，车厘子、山楂、紫米、桑葚、青梅、杏子、杨梅都能炮制出绝美佳酿。她给我倒了一杯，是夏黑葡萄酿的酒。我不善饮，看着高脚杯里的液体闪烁着醉人的酒红，忍不住浅啜了一小口，那美妙的滋味顺着喉咙暖暖地滑下，小半杯我便有些微醺了。

离开的时候，我依旧忘了消费，却品了她的酒，喝了她泡的普洱茶，吃了她做的红烧肉，尝了她手工制作的芝麻红枣阿胶膏，相当汗颜！

她是真的不介意，浅笑着说："有空来坐，你一个人来喝茶，永远是免费的。"

隔窗挥挥手，那暖暖灯下的笑容清淡如荷。

愿清荷在里运河岸，历久弥"馨"。

愿掌柜阿珉的时光，花开四季。

2014年9月2日

第二辑
小小情怀

　　那些偶然的心动、隐秘的心痛、瞬间的忧伤和安静的欢喜，是生命中小小的情怀。风吹幡动、雪落满舟的意境，洁净安宁又熙熙攘攘。珍爱所遇，方不负始终。

感谢永不再现的时光

百无聊赖的周末，我一个人去看电影《明日边缘》，一个军人拥有了让时间重演的特异功能，为拯救地球之大任，往返穿梭于某一段星际时空，最后靠从未来获得的教训赢得了当下的战争，也拯救了心爱的女人，最终抱得美人归。剧情匪夷所思，特效眼花缭乱，结局皆大欢喜。

电影散场，我一个人从电影院散步回家，夜晚的中央路依然灯火通明、车水马龙，突然有种错觉，就是这条街，这个场景，或许，我曾与谁，存在于同一情境的过去和未来。若真有时光机，能重返昔日，那么这将是多么幸福的事。

事实是，所有过去的时光，无论多么美好或是糟糕，都永不再现。

像老旧的巷弄里一起跳皮筋、踢毽子的女孩，像知了欢歌的操场上一起滚过铁环的小伙伴，像一起背着书包上学堂的邻居小屁孩，像无意中轻轻碰到手指就心房剧震的青涩少年，像最初最美的那场爱恋,彼时,以为永远无法忘记、以为永远无法走过的刻骨铭心,过去了,就过去了,永不再回来。

你是否也有过,年轻的悸动?曾经为了一个人儿辗转难眠,每天想着她的一颦一笑或他的声音和身影,以此作为计算一天快乐指数的唯一指标。

你是否也有过,一夜白头的渴望?只想握着眼前这个人的手,此生相守,穷也罢,富也好,认定了就是眼前这个人儿,贫贱不移,苟富贵,亦绝不相忘。

你是否也有过,深入骨髓的感动?以为全天下负我,此人定不负我,全世界倾覆,这个人儿在,便是蔚蓝晴好。

可是,最终,你们却分开了,或者干戈相向。

或者,根本没有在一起。

不知道为什么,一转眼,一擦肩,就错过了。

哪怕曾经那么美好,那么情愿泥足深陷,九死不悔,终于还是叹口浊气,转眼往事成云烟。

谨以一声悠长的呼气,唏嘘一声,我们,统统败给了时间,弃我去者,昨日之日,永不再现。

于是,每一个不能再现的曾经,只要当时有过一些美好,就且行且珍藏吧!慢慢去回味、品味、寻味。

譬如快乐。

譬如爱情。

因为时光不可回返，回忆仿佛一道原料稀缺的大菜，迷醉过我们的味蕾，许多年后，仿佛那醉人的余味还缠绕在舌尖。

　　可是，我们还是常常恨得咬牙切齿，嘟嘟囔囔责怪，叽叽咕咕抱怨，因为那个人，辜负了情感，违背了诺言，或者，仅仅是我们发现，他竟然不是想象中的那个人。

　　你恨过吗？恨得咬牙切齿，盼着那个人回心转意。愿他后悔到要死，匍匐着乞求你的原谅，当然了，你可以骄傲地居高临下地笑笑，说："我早忘了，谁在意那些破事儿啊？"

　　其实，人生闹剧，谁分得清？谁是戏子？谁坐在观众席？

　　负重前行，谁太累，谁不值？

　　我们忘了吗？这个人曾经如同天边虹霓，怎样丰盈过我的想念，装扮过我的情怀，美丽过我的梦境啊！

　　有过，经过，感受过，即便永不再现，是不是一样值得俯首感恩？

　　负心郎固然可恨，你就非得要做让陈世美身首异处的秦香莲？你供过他十年寒窗，难道他没有陪伴你朝朝暮暮十年好时光？难道当日付出一定是要他保证来日功成名就的分享？爱情的时光只是一场对等的交易吗？这样残酷的情债血偿，就是不爱应有的下场？

　　痴心的白狐在书生的洞房花烛夜灰飞烟灭，无非贪恋一场红尘爱恋，并非无怨，但还是无悔，心醉和心碎的体验，足够抵消对这劫数的恐惧。

所以，亲爱的，还是感谢你，曾经在路灯下等我；

感谢你，插在我纽扣里的花朵；

感谢你，心疼过我，也让我哭过；

感谢你，曾经让我那么盼望过，握你的手，与你携老。

感谢你，让我曾经，和你一起。

曾经，在一起，多么美好的字眼。

如果那一刻，我们没有相视一笑，光阴一样白白飞逝；

如果那一天，我们没有在一起，日子一样死水无澜，不着痕迹；

如果那一夜，我们没有一夕缠绵，躯体还是会像老树一般枯干萎落；

如果那一年，我们没有相爱，生命还是会终止，无论你先走，还是我先去，结局都是长眠于黄土荒丘。

诗经有云："靡不有初，鲜克有终。"我想说：哪怕再"鲜克有终"，有过，总是聊胜于根本全无。

亲爱的，是不是呢？

不爱了，何须抱怨！因为有过，我们要彼此感恩。因为曾经的那一次回眸。

不在了，何必伤感！相忘于江湖，只是换一种形式继续拥有。感谢这场分离，我在奋力遨游的间歇，还可以独享一点点静静的、若有若无的想念。

不见了，不应有恨。至少千里之外，低头看看地上霜，抬头，还可以共婵娟。

感谢曾经掏心掏肺编造的那些蜜语甜言，你说的时候信了吗？反正当时我信了，尽管通通没有兑现。那些不靠谱的诺言，至少，灿烂了我倾听的某一个瞬间。

就像世人都爱彻夜守候昙花一现，珍惜那一瞬美丽的梦幻，谁会恨它转瞬即逝不能久远？

又有什么样的美丽神话真能穿越千年？

所以，感谢你给的曾经。

所以，感恩曾与你相守。

感谢你曾小心翼翼像揽着月光一样揽我入怀。

感谢你把那些空洞的承诺如此生动地娓娓道来。

感谢你在不能往返的时空里给我做了一个美丽的记号。

亲爱的，也感谢你，馈赠给我的，那一场空欢喜。

所有曾经真实存在过的时分，因为你，都一样值得感恩。

像时光里所有不能重复的片段，曾心动，曾拥有，曾怀念，就是最美的证据，回忆的残篇，甚至标点，就是幸福啊！

虽然，我们分开后，不能做朋友，因为曾经彼此伤害过，也不能做敌人，因为曾经真心相爱过。

看一场无聊的电影，走一条寻常的街道，写一段杂乱无章的文字,认真感受一座城市今夜的孤独。

亲爱的,你知道吗? 昨日的时光真的不再回来了。

何日何年,还能执子之手?

何夕何地,还得与彼同舟?

谢谢你!

光阴逝去,我依然想念你。

2014 年 7 月 30 日

和自己好好恋爱一场

自拍了一张靓照，因为网络上看到一对母子合影，儿子帅、妈妈靓，妈妈号称"不老仙妈"，好生羡慕嫉妒！

儿子坚持他的妈妈也年轻貌美，虽有敝帚自珍之嫌，我还是相当惊喜，决定拍照以资记录，遂动之以情，晓之以理，说服孝顺的儿子陪我合影。于是勤勤恳恳用"美颜相机"拍摄合影若干，前后左右欣赏。哎哟！那吹弹可破、毫无瑕疵的冰肌雪肤，那大眼睛、高鼻梁、樱桃樊素口，那青春懵懂、嘟个小嘴儿的呆萌表情，连脑门上新长的"青春美丽疙瘩痘"也无影无踪了！假设我是个帅哥，我一定狂喷唾沫星子嚷嚷："那叫个漂亮！"那照片上的哪里是我？照片里那个经过磨皮、瘦身、增高特效和各种滤镜处理过的美人儿，分明是个倾倒众生的"女神"嘛！倒是儿子，被没有辨识度的软件盲目"美肤"了一番，没了立体感，反而没他真人那么帅气了。

不管他了，果断把"美照"上传。是不是每个拍照的女人，修图过后的美丽劲儿,都让你恨不得和自己恋爱一场?

善良的小伙伴们照旧各种点赞,各种鼓励捧场,各种放大表扬,赞得我心花怒放!

前几天在网络上看过一句话,大概是说:想摧毁一个自恋的女人,最好的办法是把她手机上的"美颜相机"和"美图秀秀"App都给卸载了,让她一下子直面灵魂,于是,那份自欺欺人的自信可能会在刹那间崩盘。

如果之前女人们是怯生生地表达着对生活的小情绪,那么各种修图软件就像能量巨大的炼丹炉,让她们自恋的情怀全面爆发。天生"美颜"难自弃啊!

于是,一拍倾人城,再拍倾人国。殊不知倾城与倾国,"美颜相机"拍立得!

绝代有佳人,人人皆"美颜"。

有了国色天香的"美照",微信朋友圈上热热闹闹各种燕瘦环肥、蜂飞蝶舞,晒到此一游,晒宴会美食,晒包包、丝巾、新衣、鞋帽,晒自制下午茶,还有我这样的老妈子,喜欢晒帅气儿子、漂亮女儿,所有女人都因此爱上了自己。

也许每个女人内心,都曾想和自己好好恋爱一场。

作为一个正被时光摧残的中年女性,我始终相信,无论这个世界有没有人真正爱过你,女人都应该好好爱自己。不管有没有"美图秀秀"修图,不管那个他懂不懂得该如何去爱你,你都至少，认真地好好谈一次恋爱，和自己。

爱上自己，爱自己接纳的心，路过的小溪、阳台上的花儿、石缝里的野草、一朵好看的云、一座山、一幅画、一盏茶、一粒沙，记录在镜头中，留在照片里，都是怡人的风景。

爱上自己，爱上所有可爱的细节，把时光整理得恰好妥帖。有你的地方，总若浅沐春风般温暖安适，一盏下午茶、一盘水果、一碟甜点，都用精致的瓷器盛着，和自己好好恋爱一场，努力把每一寸光阴，都装扮成时光里小小的盛宴。

爱上自己，就不屑颓废抱怨，在坎坷跋涉中，也尽量保持着轻盈的脚步，舍不得让风雨耷拉了头发上美丽的梨花卷。于是，最糟糕的际遇，也就咬咬牙，最纠结的怨怼，也就以淡然一笑作为总结。当然不愿意撒泼，不愿意去咒骂，更不屑做叨叨一生的祥林嫂。想哭的时候，就仰头四十五度，让泪水把眼神冲刷得更清亮生动，智慧是女人最好的装饰。

和自己好好恋爱一场，哪怕曾有过累累的伤，你依然愿意相信爱情。失败的爱情是傻女人的毒药，于爱自己的女人，却像花泥深埋进记忆，滋养了岁月的花儿。哪怕冷酷西风又凋了碧树，哪怕错过的他早已消失在人海，不再愿意为谁憔悴，不再众里寻他，不再孤独地登上西楼望那根本望不到头的平芜尽处，管他谁在天涯！

好好爱自己，女人们都得把自己宠成传奇，比如王菲。我

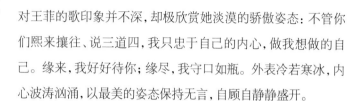

对王菲的歌印象并不深，却极欣赏她淡漠的骄傲姿态：不管你们熙来攘往、说三道四，我只忠于自己的内心，做我想做的自己。缘来，我好好待你；缘尽，我守口如瓶。外表冷若寒冰，内心波涛汹涌，以最美的姿态保持无言，自顾自静静盛开。

好好爱自己，女人要懂得独立。勤勤恳恳守好自己的半亩花田，我自小园香径繁花似锦，至于他人的恩宠，得之我幸，不得我命。所以，工作状态的她，加班能通宵达旦，锐气扑面而至，灵气无法抵挡，累并充实着。认真准备着，做最好的自己。

好好爱自己，爱上闲情逸致。偶尔写首小诗，以最忧伤的音色诵读，孤单的时候，就背起包去旅行，捧着硕大的相机跋山涉水。闲来磨砚勾几笔浓墨淡彩，忙时也不忘记泡一壶酽酽的普洱犒赏自己。优雅的女人仪态万方地照亮华堂，系上围裙就能为爱的人洗手做羹汤。爱自己，夏日给自己自制红豆刨冰，冬日围炉品茗、闲话古今。爱自己，把生活经营得温暖惬意，让每一个时刻都变成生命中舍不得虚掷的光阴。

好好爱自己，眼中洋溢着女孩子的纯净笑意，浑不知老之将至。春花秋月只是女人不同质感的美丽。青翠韶年清丽可爱，初为人妻时丰姿娇妍，中年时知性优雅，老年时睿智慈蔼。爱自己，就像爱那首经典的歌谣，无论何时何地唱起，都一样余韵婉转，丝竹悠悠。

所以呢，姑且纵容一下自己，做一回美丽的"不老仙妈"，每一个此刻都是余生中最年轻的时光，留住每一个此刻，那就是最好的我，不一样的烟火！

对，就这样笑一个，继续大笑吧！就算生活强加给我们很多违背心意的成长，开心仍是给自己最珍贵的犒赏。

从今天起，让烦恼最小化，深呼吸，感受暖暖的阳光味道。即刻开始，好好谈一场轰轰烈烈的恋爱，和自己。

2016年8月22日

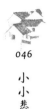

人生若只如初见

　　生活的常态其实就是无常，有时候会兀自蹦出好多事情，像无意中点燃了一串小鞭炮，倏尔砰砰炸开，事情一件一件接踵而至，来不及稍做思考，只能被动听着耳畔噪声轰响，然后独自清扫狼藉的碎屑。

　　情人节自有小儿女蜜里调油，却也炮制出一大堆怨偶，仿佛爱不在了，就满眼灰暗，街边的心形霓虹灯都不闪了。

　　谁也不知道，好好的岁月，好好的一份爱，怎么就慢慢发生了改变呢？

　　一个曾在每个早晨醒来看着你笑的人，一个曾在每个夜里把臂膀给你当颈枕的人，一个苹果给你吃他啃核、开开心心吃你剩饭的人，一个过马路要担心地挡在你身前的那个人，就此成了陌路。从此远隔山海，婚丧嫁娶再不相干。

　　而分开，可能，都没一个像样的仪式。

　　他曾经那么郑重许诺，恨不得滴鸡血、磕大头、赌咒发誓，要和你一生相伴、九死不悔，而你想象中那些痴情大戏一部还没正经上演过，竟然就草草收场。一转眼，你们就成了在寻常街道上漠然相对的路人，连点头客套也可以省略。

爱或不爱，就此戛然而止。

有一年，某一天，我一个人六神无主地坐在街头的马路牙子上哀哀哭泣，转弯处小卖部的破音响，刺刺啦啦播放着流行歌曲。那唱响的歌词竟十分应景：

> 我们变成了世上最熟悉的陌生人，
>
> 今后各自曲折，各自悲哀。

而我青春明妍岁月里，有一段情怀，从此不在。

从此不再。

其实，那份爱，不是没有存在过，只是输给了时间和空间。就像不小心按下了赌博机上的按钮，按钮上的小字，标注着诱惑和欺骗。

没有人愿意承认自己的辜负，因此人们会说：如果、如果、如果……

人生若能拥有如果的机会，那将会多么幸运！

纳兰容若一句"人生若只如初见"将最初的美好与牵念，最终的失去与无奈，写尽了。

第二辑　小小情怀

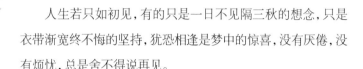

人生若只如初见，有的只是一日不见隔三秋的想念，只是衣带渐宽终不悔的坚持，犹恐相逢是梦中的惊喜，没有厌倦，没有烦忧，总是舍不得说再见。

人生若只如初见，那人会是你眼里唯一的风景，红尘里哪怕处处是莺歌燕舞、蜂飞蝶戏，你也只取次花丛，懒得回眸，无暇他顾。

人生若只如初见，就没有时光打磨你不坚定的心，那个身影就不会渐浅渐淡，淡化成你浓墨重彩涂抹的生活中没有存在感的背景。

若如初见，爱就是你的道路、真理和生命，是你人生之所以美好，全部及唯一之所求。你以为自己一定会愿意，为之而喜、而忧、而生、而死，不会在若干年之后，无奈地看着一份不算太假，却不够专心的情感，从此相背而驰，和曾经你侬我侬、互诉衷肠的爱人，从此相决绝。

人生若只如初见，你会以为这么多年一路奔波与蹉跎，只是为了与他相见，所有的曾经，都是为遇见他所做的预演。

初见，却似曾相识，熟悉，又恍若隔世。你是那么那么地爱那妙人儿，仿佛上苍给你们一天，就是对你的垂怜。

若只如初见，就不会有谎言，就不忍心欺骗，更不会将那颗心生生剥离成洋葱碎片，还撒上一把盐。

世间所有追忆，在幻灭之前，都真实存在过。

而对于未来,回忆越好,心越疼痛;回忆再美,也无济于事。

痴男怨女应该明白,当爱恨一笔勾销,那段际遇就如春梦了无痕。

曾经相看两不厌。到而今,索性相厌两不看。

人生若只如初见,只是一个美丽却徒劳的假设。

人生不会如初见,往事如烟。烟消,云亦散。

不如跟往事咣当碰个杯,擦擦泪眼,从此翻篇。

爱,爱过,一念之间,转身往事如烟。

走,走过,一步之遥,回首沧海桑田。

2007 年 5 月 20 日

致我们码字时虚度的光阴

大新年浮生半日，我在家晒着太阳码字，遭一小伙伴诘问："吃个饭没时间，写这些没用的小文倒有闲工夫？你辛辛苦苦码这些字，能卖几个小钱？"

说的倒也是啊！

公司经营这几年本就举步维艰，不去推杯换盏、励精图治，不想着秣马厉兵、杀出条血路，昏天黑地码这些无聊文字，图什么呢？

思忖良久，我弱弱地答："当你老了，头发白了，你儿子会说，这是我爸妈留的钱。当我们都死了，你孙子还记得钱是你留的吗？而我的孙子会说，看看，这是我奶奶写的书！"

所以，写好文章，不求流芳百世，至少可以流芳三代吧！

最近特喜欢CCTV的一档诗词节目，众多历史人物在佳句中音容再现。"仿佛兮若轻云之蔽月，飘摇兮若流风之回雪"是曹植《洛神赋》中绝美的名句。梦回风云诡谲的三国争霸，为什么魏蜀吴之战至今传唱不衰？因为有一部《三国演义》！刘备是书中正面主角之一又如何？他并无名作存世，儿子刘阿斗还是个著名的无能之辈。那雄踞一方的孙吴一族，亦无只言片语为后世传诵。后人偶尔说说"生子当如孙仲谋"，还是亏了会写词的辛稼轩的句子。而曹家就不一样了，曹氏一门皆是有为青年，一边忙着建功立业，一边不耽搁全家齐齐上阵作文。现如今，咱天天擎着酒杯吟诵曹孟德的"对酒当歌，人生几何？"，感慨"譬如朝露，去日苦多"，还有"何以解忧，唯有杜康"。曹家的儿子曹植七步成诗世人皆知，几千年谁家一有内讧就哭"豆在釜中泣"，诘问"相煎何太急？"就连人家的另一个儿子曹丕的《燕歌行》里也有"明月皎皎照我床，星汉西流夜未央"这样的佳句。全家都有文学上的建树，曹操就足以老怀大慰了吧！

南唐后主李煜，虽说是个倒霉的亡国皇帝，但那么多太平君主都难被世人记得，却有哪个文艺青年不知道"春花秋月何时了"，没诵过"剪不断，理还乱，是离愁"，没叹过"往事已成空，还如一梦中"？不会经营事业，写好作文也算不枉，曾经的欢娱与悲凉都会被后世铭记，不会湮灭于历史的尘烟蔓草间。

我最敬佩的绝世英雄岳飞将军，在皇权内忧和金国外患的双重纠结中被宋高宗下了十二道金牌，抱憾死于风波亭下。可一阕《满江红》写下了千秋忠烈，让我们愿追随他"驾长车踏破贺兰山缺"，振奋于"壮志饥餐胡虏肉，笑谈渴饮匈奴血"的铁血豪情，深深铭记他的"三十功名尘与土，八千里路云和月"。

曹公雪芹，其本身充其量就是个败家的苦命仓皇富二代，一部皇皇巨著《红楼梦》却闪耀传世。翩翩佳公子曾经倚红偎翠、纸醉金迷的生活细节，饭后茶余小儿女消闲的诗词唱和，以及看破红尘的不凡禅悟，都成了后世探究的不衰话题。

凡此种种，综上所述，写好文章是多么重要以及必要啊！我的小生意虽不算风生水起，写写文章，记录心情，聊以慰平生！

生活不易，敲键盘码字其实是一件挺熬人的事儿，耗时费神。于我这等不好声色犬马之人而言，倒也不失为一种消遣的方式。平生际遇，点滴感悟，些微得失，都可以在文字之中，以沉默的方式肆意喧哗。在文字的花园里，世界若隐若现，非花非雾地呈现出你想要的意境。文字中似乎有一种魔法，变幻出千百种人生、万千种传奇。

你无须跋山涉水，在文字构建的奇幻时空里，你轻易就看尽了白衣苍狗。

你无须大隐隐于市，文字的市井里，你不小心就在柴米油盐、鸡零狗碎之中，遭遇了各种纠结的爱恨情仇。

你无须殚精竭虑、俯仰穿越，读史千年，无非功名利禄，悟道者终归诗酒田园。

你无须经历所有岁月才知道人世无常，立尽风露中宵才看到阴晴圆缺，文字里涵盖了那么多世态炎凉、爱恨冷暖，文字里的林林总总，让你穿梭于真实的影像与故事，一堆书读完，就把多少世的际遇完完整整经历过一遭了。

写字的时刻，能在文字里找到埋藏其中的颜如玉和黄金屋，还有五斗米与千钟粟，更能挖掘出恩怨情仇和前因后果，看到魑魅魍魉显形，看清什么才是人间正道。

我从十岁发表第一篇小文开始，就正式爱上文字的世界。只是年轻时在职场里庸俗辗转，工作之余只偶尔写个小日记，近二十年与所爱文字阻隔山海。而今人到中年，写作却成了一种休闲方式。浮生半日，清茶一盏，一个人对着键盘敲敲打打，得一篇寻常小文。不究内涵深浅，不问语境好坏，只表达当下个人的小小情怀。

别人总问我，琐务繁忙，哪有时间写作。于我而言，打开电脑码字只当作吃零食，如同女生课间打打牙祭的小乐呵。

常于零散时光记录零散心情。长途火车或飞机上、等人间隙、饭后茶歇，用手机打字也可以记录下些许感悟，拆迁的破屋、一片菜园、一片星空、一场风暴、一只空酒瓶，什么物什都能引发灵感，发发思古之幽情。甚至车胎爆裂，在等待救援时，也可以将瞬间灵感用手机记录成诗，那么，也不枉换个轮胎了。文字里浓缩着我们爱过的人，爱恨的欢喜与创痛；走过的路，路

054

小
小
悲
欢

上的崎岖与风物；经过的岁月，岁月的烟尘与积淀。

年少时总觉得误落尘网，想于南山之南，眠花赏月做隐士，而今，写作已是我最佳的避世方式，心中有爱恨情仇，胸中有丘壑松涛，梦中有柔肠百转，脑中有九曲沟回，笔下娓娓细诉，所有欲诉还休的情感，看似所在皆无，却又分明跃然纸上。结庐诗文境，而无车马喧。

码字，真的是一件美丽的赏心乐事，庆幸自己此生得与文字相爱相伴，悠悠此心，为你沉吟。亲爱的文字，谁愿意执子之手，和你一起在笔墨春秋中浪漫变老。谁愿意随时、随地、随意与子同游同娱，如不系之舟，寄情江海，与你共享最奢侈的心灵之旅。

容我大声说："我愿意！"

2016年12月18日

你的未来里，有没有我？

《孙子兵法》里有句话："上下同欲者胜。"越想越有道理。我以平民思维解读，其核心在于，共同参与建设者，可以共享成果。

美好未来之中，君心是否似我心，会否共享九州同？

归结为世俗一问：你的未来里，有没有我？

企业管理同理，之前参观同学的公司，一个管理松散却细节完美的企业。他说没有考勤，只有绩效考核。所有的人完成了自己的工作任务，就可以在公司打滚、睡觉、织毛衣。公司财务完全透明，每个人能精确计算出自己的绩效收入。KPI考核的奖惩自己看得到。业绩达到一定标准，就可以享受公司的股份，将来即使退休，退休金之外还能以股东身份享受分红。短短七年，这家公司做到了行业全国第一。

因为员工看到了，企业的未来里，有自己一杯羹。

很多老板每天疲于奔命赚钱，设计企业的远大目标、宏伟愿景，给员工空洞的激励，仿佛自说自话、鸡同鸭讲。为什么？因为没有一套成熟的系统，让员工算出企业腾飞之后，他可以享受到怎样的红利。没有人天生只愿意付出，却不要任何回报。你有你的高瞻远瞩，他有他的小富即安，共同的进步需要明确靠谱的承诺。

亲情亦是如此，含辛茹苦的家长们，可以问一问你的孩子："你的未来里，有没有我？"可怜天下父母心，孩子们，你们在扑腾着翅膀想远走高飞的时候，想没想过，将来要怎样反哺，才能回报父母两鬓的霜华？

反之，想让孩子成长为栋梁，家长也要承担起肩头的重任，给孩子最好的言传身教，千万不要让你的孩子陷入"上梁不正下梁歪"的魔咒。

师恩浩荡，为人师表的园丁们，想向你的学生问一句"你的未来里，有没有我？"吗？那么，请以你的师德做表率，去润泽那些含苞待放的花骨朵。待得桃李满天下，你的功德园里，芬芳花朵自成蹊。你将在他们的未来，被深深铭记。

情感婚姻更要有此一问："你的未来里，有没有我？"

小冰是我的闺蜜，我自叹若生成男人，定要娶妻如小冰。她才貌俱佳，人缘还好，之前听闻一年龄相仿、事业有成的男士正在追她，吃瓜群众都翘首企盼好事将近。如今偶遇，我谄媚道红包备好，未料她说有缘无分，只管我要安慰红包。

当初两人相遇，虽不算相见恨晚，却也旗鼓相当。他想着终于与一个不觊觎他钱财的美女强强联手，她也觉得年岁渐长，过这村没这店了，挺好！恰逢他处于事业瓶颈期，她就几乎倾其所有去助他一臂之力，他也很感恩。女人陷入情网，大抵爱大过天！也因付出过大，他自然成了她生活的重心。后来，她习惯了默默付出，他也习惯了，似乎按个开关，她就会在童话里冒泡出现。最初令他感动的情节，都成了常态。他的视线开始聚焦在女人矫情事多的鸡毛蒜皮上。

他享受着她不遗余力的付出，并且努力改变她那些不如他意的小毛病。他的事业蒸蒸日上，生意日渐繁忙，两人交流日渐稀少。偶尔交流，他只是在谈他的梦想，他构想中的商业王国，或者，只是吩咐她即刻去为他做些什么。

小冰苦笑，明明可以"靠脸吃饭"，我偏把自己活成了一个仆役，还是自带干粮的。

终于有一天她决定分手，他不明所以。小冰问："你有没有关注过，我也有自己的事业？你有没有力挺过，我所重视的决定？你有没有关注过，我的喜怒哀乐？你有没有主动分享过，由我带来的利益？"

最后一个问题："你的未来里，有没有我？"

男人无言以对，他确实没有想过，或者潜意识里根本不愿深想。她必须去配合他实现梦想，却从未想过梦想实现之后，她可以分享到什么。在他野心勃勃的前进道路上，所有的人都是配角或过客。

"你的未来里，有没有我？"

这一问看似平常，却很犀利。应是人和人的关系之中，接近本质的拷问！

"你的未来里，有没有我？"每个人都该扪心一问。看一看自己，是该安静地走开，还是该勇敢留下来？是拍拍屁股走人，还是与君约定好，许君半壁江山或一席之地？

若是约定一起走，那就高唱同一首歌，从容地与你的企业、你的团队、你的伴侣、你的朋友风雨同舟，斯世以同怀视之，并肩携手，去创造最好的未来。

2016 年 12 月 6 日

第三辑
小小跋涉

　　我幸福地想起,我走过很多很多的路,活着,走着,笑着,累着,痛并快乐着。因旅程漫长,无法罗列出经历过多少美好时刻,我的目光,曾与这个世界有过多少次美好相遇。

　　缓步徐行,踽踽跋涉,那种清泉润心的快乐才是人生真正的奢侈,值得千万里辗转求之。

美丽天湖纳木错

美丽的天湖纳木错，是我进藏途中，也是我一生中所见的最迷人的风景。那是海拔约五千米处，仙女的澄明眼波，是天空坠落凡尘的一片蔚蓝。这世界上最高的神湖，置身湖边，即在红尘之上！

经过前天唐古拉山口因桥断导致的全天暴堵，加上在前不着村、后不着店的荒郊野外的一夜暴风雪；经过滞留在海拔五千米高处二十四小时所致的强烈高原反应——呼吸不畅、头痛欲裂，以及雪上加霜的汽车爆胎；经过风雪中的羊粪大炕和在溢满羊膻味的小旅馆里彻夜难眠的悲催之夜，在几乎尝尽自驾游的所有极致坎坷之后，终于，我们来到了天湖纳木错。

历经风雪辗转，只为与你相见。

那一刻，所有的跋涉都有了理由，所有的奔波都不再令人疲倦。

那一刻，感觉即便就此走到人生终点，也了无遗憾。

那一刻,只想让这天湖之水涤荡灵魂中所有尘埃污浊,让来自俗世的我也像这碧蓝湖水一样明净空灵,然后,依依融进这片圣水幻境,融进念青唐古拉山脉消融的冰雪之中,天人合一。

天蓝蓝如洗,水蓝蓝如镜,风飘飘吹衣。海鸥飞处,云彩洁白轻盈若天使的羽翼,波光清澈如仙子的眼波流转,遥远的雪山连绵起伏成巍峨恢宏的背景。

纳木错似乎包容了世上可以描绘的所有蓝色。清浅淡蓝、神秘灰蓝、高贵宝蓝、迷人深蓝、深邃黑蓝,由浅入深、由淡转浓的层层蓝色,让我心醉神迷。此刻,我只想俯首感恩我有一双清明的眼,能清晰地看到这涤净心灵的蓝色梦幻。而我的心,正盈盈飘起,在这洁净圣湖里,悠悠荡荡。

这奇迹里居然还有一丛童话般的蓝色花儿,超然绝世地怒放在碧云天下、蓝湖之畔的青青草坡上。

天湖如画,我心无尘……

成群虔诚的信徒双手合十,虔诚地叩着长头,绕着神圣的天湖继续着朝圣之旅。白发苍苍的老者摇动着转经筒,念着只有我们听不懂的美好梵音。天湖边数不胜数的白色玛尼堆,那不是普通的石头,是信徒们砌出的一个一个美好祈愿。五彩斑斓的经幡随风起舞,那都是倚着圣山圣水祈福的音符。

成群水鸟在沙洲起飞,展翅盘旋,翱翔若天堂的白羽。偶然路过的黄羊和野驴远远地注视着人们,成群穿红戴绿的牦牛或静卧在水边顾影自怜，或被牵在宽袍大袖的藏民手中，间或作为道具陪游人拍照。不远处的滩涂上立着一只孤独的藏獒，正寂寞而骄傲地审视着转湖膜拜的朝圣者。

无法表达扑面而来的感动与震撼，天湖胜景让我们集体无言。这一瞬间，我们连到了景点就摆剪刀手拍照的常规动作都忘记了，只是呆呆地不知所措地傻站着，傻看着。

我轰然往后一倒，仰天躺在湖岸边的细细白沙之上，高原的阳光炫目地穿透苍穹。眯起眼睛，任这光刺进瞳仁，又穿过呼吸，一直渗入肺腑和灵魂。同伴老朱此前已经在唐古拉山口的高原反应中精神崩溃，上车就抱着藏污纳垢的垃圾桶疯狂呕吐，没再抬起过头。此时的他，正呆若木鸡地极目四望，可能是纳木错海市蜃楼般的美景又唤醒了他对美好人间的追求。好友怀子也仰躺在地，左右翻滚，以表达一个凡夫俗子对这人间天堂看不够的情怀。

回到俗世，无数次回看影像，认真上传我拍摄下来的瞬间，这一组组照片只是风景，并没有到此一游的我们，只是为告诉你，这天湖圣境，我曾经来过。

我不敢上传任何一张我们在纳木错的留影，因为再美丽的人，在纳木错的风景之中，都只应在画外……

第三辑 小小跋涉

八千里路

经历了年末的八天路面积雪，2008年已至，新春之后交通依然受积雪的困扰。行路难啊！

去呼和浩特仅余一个航班，因我近日做了一个高空坠落的噩梦，遂临时做一惊世骇俗之决定——开车去内蒙古。于是我从南京取道扬州接了峰弟，然后从淮安中转至开封，再奔呼和浩特。导航显示单程近两千公里，此时从江苏到内蒙古积雪载道。我的天！

带着一满壶热茶、一包瓜子、三个苹果，我们怀揣满腔热血踏上了征程。

我与两位帅哥（因是好友，勉强称之为帅哥）同行。三个人都抱着火热的心，奔赴药品交易会。

行至开封，我们吃了著名的第一楼包子，这家百年老店里满满当当地挂着"包子师"的证书。肉包子油渍麻花的，两笼饕餮下肚，我们顿觉脑满肠肥，一串带着猪肉白菜香的饱嗝之后,抵御寒风的勇气随之倍增。

第二日清晨,再行。每行千里,气温愈冷。及至山西,已有"黄河冰塞川,太行雪满山"之感。气温降至零下十八度。途经一加油站,因车内空调开着,温暖如春,峰弟没加外套,穿着时髦的绣花毛衣就气宇轩昂地下车问路,两分钟后,他像只疯狂战栗的寒号鸟一样跳着脚抖回车里,哆嗦着开骂,骂我们不提醒他风寒添衣,身为哥哥姐姐忒无爱心,而可怜的他,因寒冷以致腿脚都抖到抽筋!他的"寒冷碎碎念"持续了半小时,他也持续战栗了半小时。可见北方寒风何其凛冽啊!

辗转数千里,我们终于抵达呼和浩特,气温已至零下二十七度。好在宾馆紧临狗不理包子馆,三人据案大嚼热腾腾的各种包子,包子下肚,三颗冰封的小心肠也随之热乎起来。

三天药品交易会上,大家照旧疲于奔命,例行公事地找产品、看资料、与厂商洽谈。收获不知有否,愿望总是好的。我用来自我激励的格言是:"梦想还是要有的,万一实现了呢?"所以,所有要做的事还必须得按部就班地做,因为上有老、下有小,因为要养家糊口。人到中年,责任在肩,活着不易!好友红尘鼓励我,"你很能吃苦",然后他说我经过努力,已经做到了前四个字,我认真总结了他对我的表扬:"你很能吃!"打算刻成铭牌以自勉。

所有应该做而不是内心有强烈需求的事,都只能称之为职业而非事业。而我一把年纪却还只能挣扎在物质基础需求的泥沼里，不由得发出一声叹息，觉今非而昨也非！感伤之后，我继续从事小贩子这个离理想甚远的职业。

凡尘嗟梦远，

庸碌又十年。

鞠躬携老幼，

俯首捡铜钿。

每妒远游客，

长羡酒中仙。

何日抛俗世，

踏歌走桃源。

旅途中突然茫然不知明日将何往，于是信口胡诌五言诗一首，感慨我的高雅人生梦想与庸俗追利道路之巨大落差。嗟完之后，继续庸俗。

旅程有两个感悟：其一，导航不能全信，高架上它有时会胡乱指挥，千里之外，科技会指引方向，也可能会引君入歧途。难道科技产品已经智能到心情亦有好坏的地步了？

其二，人生的旅程若能像方向盘一样掌握在自己手中，是多么幸福的事啊！何处停，何时行，我行路我做主，真是极好的! 就像这次回程, 途经山西大同, 看高速的指示牌, 喜出望外, 立即决定去神往已久的云冈石窟一游。

神秘的云冈石窟给我的感觉, 一是壮观, 二是冷。

北魏开始修建的云冈石窟, 残破的诸佛造像, 冷冷地陈述着千年之前的奢华与信仰。千年已去, 豪气干云的北魏文成帝和那些拥有巧夺天工技艺的匠人, 还有顶礼膜拜的善男信女, 都已归于尘土了。当年的浩大工程, 而今, 日日陪伴的是拍快照、卖工艺品的小贩和我们这些冷漠的世俗看客。山冈上, 冰冷的风吹过, 如凛冽刀锋割裂着肌肤。往日辉煌与荣耀的记忆, 是否也如冷风一般, 穿过佛像的身体?

诸佛造像, 千年之后, 我们这些曾来看过你们, 被你们冷冷审视过的草民, 又将复归于尘土, 而那时, 谁会来驻足或是膜拜, 你们又在看着谁?

头戴地摊上临时买的大毛帽子, 包着大围巾, 手戴厚厚的皮手套, 连眼睛都有眼镜保暖, 就差武装到牙齿了, 即使如此, 我还是感觉冰冷彻骨, 冷到全身经脉都仿佛结了冰。就这样, 我这个有着高尚精神追求的小贩子, 虔敬地哆嗦着和佛像告了别。若有所思、似有所悟地踏上了回程。

忘了带相机, 我就用破手机拍了几张照片, 作为到此一游的记号。

奔波往返, 掐指算来, 行程有八千余里。岳飞一生征战,八千里路云和月，我三天穿越，八千里路冰和雪。小女子日行千里，岳飞纵在亦堪夸！

有投缘同伴，有一路高歌，有指点江山，伴着一路上的浪漫风景，听同伴满嘴格言，这样行路，成就了一次美好的旅途！你的一切言语，有人听得兴致盎然；你的一举一动，有人关注着喜忧冷暖。八千里路，不过一笑而过，因其快乐，方觉短暂。如果孤单行路，人生将是何其漫长！人是社会性的群居动物，友情与爱情一样，让人赖以相拥取暖。

此为八千里路另一小小感悟。

2008年2月16日

梨花满山不须归

天津市蓟州区石龙峡的后营寨建筑群,在特色小镇考察之旅中,尤其值得一看。

沿着山路崎岖而上,感觉是去往某个传奇中的山寨。

路口如雪的梨花夹道,桃李的粉白嫣红参差间杂,蹊径无人,鸡犬相闻,一时之间,我以为自己是留洋求学多年回大山寻踪的游子,执一把黄油纸伞,穿一身天青色长衫,走进天津市蓟州区的大山,在石龙峡的山谷中,寻找自己的故园。

卸下行囊,安置乡愁。

这一组民国风的小建筑群,是我彼时见过的最有腔调的民宿,藏在蓟州区的大山之中。它们依山而建,浅浅的明黄是主色调,背倚湛蓝湛蓝的、蓝到灵魂里的天空,周围有洁白胜雪的梨花,远远看来,大团大团棉花糖一样的白云朵,仿佛挂在梨花树上。

我来时,后营寨正在建设中,开放试运营的这一段有一个很田园的名字:椿舍。这个名字似乎让人闻到香椿淡淡的味道。

沿着鹅卵石铺就的小街缓步徐行,时间随着脚步,瞬间慢了下来。

阳光炫目,古旧的石墙砌出了原生态的建筑风味,有些斑驳的门窗投射出岁月的光影。

楼下的小酒吧太有腔调了!落地的玻璃窗边随意地放置着一些空酒瓶,老旧的唱片机、收音机和一些旧门板改制的茶桌,无不默默彰显着主人的情怀和设计者的匠心。

大门左手的豆腐坊,那不是一个简单的招牌,而是一个真正的用传统古法手工炮制豆腐的工作室。一群有创意、有情怀的年轻人,引经据典,问师实践,已经将豆腐的制作工艺掌握得出神入化,研发了五十多种豆腐菜式,随时可以摆上一桌豆腐宴。

我在这里见到的两位,一位是后营寨的方案设计者和建设者武杰,一位是特色小镇运营专家和后营寨后期运营策划人、澳籍华人Jack,他们都来自小龙虾之乡——江苏盱眙。他们在蓟州的山间,为人们营造出一隅安放灵魂的居所。

此处可以调素琴,阅金经,无丝竹之乱耳,无案牍之劳形。

这匠心独运的山居“陋室”,其实,是一处真正的世外桃源。

我来到农家的三间房,左右是客房,房间里有美丽的蓝印花布窗帘和床品;当中是堂屋,摆放着古朴的中式茶桌,上有精致的工夫茶盘和茶具,门口是宽阔的观景平台。三两好友小坐,品茗论道,闲话桑麻,顿觉人生别无他求。

"满坞白云耕不破,一潭明月钓无痕",今晚徜徉在山寨中的我,定与那夜吟这句诗的宋人有一样的情怀。想必他也曾在同样的山居,幸福地虚度着光阴,看白日里云山堆絮,月夜时水影悠悠。只是彼时的诗人管师复不如我,云水山月,却少了满山的梨花。梨花院落,月色溶溶,柳絮池塘,风儿淡淡。

一个山寨是一个家,这个浓缩的世界也是一个家,民宿里有一个巨大的蚁巢,是主人从大兴安岭的原始森林里搜集到的。对于蚁族而言,穷多少代蚁力所建造的王国,如今,静静在椿舍,祭奠着一个蚁族王国曾经的辉煌。

"少无适俗韵,性本爱丘山。"走进这小小的山间民宿,现在流行的说法,"安放情怀之所",大抵就是这种韵致吧?

你也想来椿舍,那么早些来吧,当日色渐昏,当月色西沉,此时适合聆听山谷中的虫鸣鸟语,这是静谧的天籁之声。

当梨花满地,不开门。

2017年4月17日

鼓浪屿的冬天

春节临近,江苏下了2008年的第一场雪、第二场雪,又第三场雪,气温也降到极低。小时候在苏北的农村,冬天大河小沟的水都冻得像大理石一样结实莹润,孩子们踩着小板凳就可以跳冰上芭蕾。好多年没有这么冷了,路上行人哈着冰冷雾气,一个个冻得像神秘的特工一样缩着脖子前行。我突发奇想,要是我们的年龄也能热胀冷缩就好了。

因此向往南国,此时应是杂花生树、群莺乱飞吧。即便有些寒意,应该也是雨润烟浓、落英缤纷吧。当我们这些装在羽绒套子里的人在寒风中踽踽前行的时候,南方,应是彩裙飘飘、姹紫嫣红吧。向往啊,我这只候鸟,多么想去南方。

于是我陪伴两位美女朋友,带着我们家的虎子和另一小帅哥,一行五人飞抵厦门。

可惜,厦门也在落雨,据说恰逢今年最冷的日子,也许是我们不小心把寒冷带来了。奈何,我准备的美丽超短裙也无用武之地了。可是厦门冬天的冷与故乡的冷完全是两种气质。她冷得波澜不惊，一如这个城市，美丽繁华之中静若处子，世俗之中又处处透着清新。因为这温和的微凉，青头紫脸的江苏仨美女也在厦门的蒙蒙烟雨中一点点仪态万方起来。

我们入住鹭江宾馆，这家极富小资情调和人文气息的老宾馆，最能体现厦门的怀旧风情。拿行李的门童披着镶金的绶带，房间里处处弥漫古典的味道。我披着披肩站在阳台上，看海浪中漂浮着美丽的鼓浪屿，心境慢慢变得优雅起来。在鹭江宾馆的餐厅用餐，两个顽皮的孩子也规规矩矩围着餐巾，陡生绅士的气质。环境移人也，信夫！

都说鼓浪屿是厦门的名片，它确实像名片那样，小而精致。我们乘渡轮十分钟就到达这座著名的小岛了。小岛方圆只有近两平方千米，却有好几个国家的领事馆馆址，还有中国最负盛名的钢琴博物馆。当日这小小螺蛳壳里的繁华，至今仍可略窥一斑。随着传教士的脚步，欧洲列强把这里当作窥伺中国的一个小码头，他们在此建造了一个又一个领事馆，而这些遗迹形成了鼓浪屿独有的人文景观。一家叫"娜雅"的小咖啡馆，就是由原来的德国领事馆改建而成的，咖啡馆有赭红的外墙砖，铸铁的花栅上缠绕着长势蓬勃的橙黄色鞭炮花，绿生生的藤蔓似千条柔丝漫卷，黄灿灿的小花一朵一朵宛若星星点灯，咖啡座是露天的，餐台上铺着绿格子棉布。当日驻扎在这里的侵略者,曾经的野心早已随水波逝去,无迹可寻了。现在,这里处处可见的,是层层叠叠的花架和极富设计感的精致小花器,铁艺的庭院茶台上放着生机盎然的小绿植,一角一隅都是温馨浪漫的小心机,迎合着所有像我和同伴一样小资情结泛滥的红男绿女。信步于小岛,仿若置身欧陆小镇,有点时空错乱的眩晕。

海边的围栏、山脚的老榕树、南国冬日盛放的花朵、卖纪念品和鱼松的小店、清流哗哗的水车、岛上随处可见的雕塑,每一处的景观都激发了同行美女的拍照热情。她们狂摆姿势,频频更衣,倚墙嗅花,歪头戏水……恨不能像楚留香一样在鼓浪屿上处处留情,确切地说,是处处留影,也恨不得每张照片连首饰、手表都换一遍。女人啊,你的名字叫自恋!我也是她们中的一员,一起显摆身姿,当然,我带的衣服少,又没饰物,自恋的程度就轻了许多。

岛上处处是景,每条小径都青萝夹道,每道篱笆都花缠藤绕,每面石墙都精雕细琢,每座建筑都灵秀典雅,更不用说这海天辽阔、帆影涛声了……生在这样的风水宝地,木头人也该有些灵气吧。如果我生在这里,也许也会像在这里长大的那位写《致橡树》的女诗人一样蕙心兰质吧。

孩子们此行,在等待妈妈们拍照时表现了极大的耐心,他俩百无聊赖,目光呆滞,嘴里念念有词。细听,他们一直在念的竟是"快点快点去海边",念至百遍以上,已是眼含泪水。我大为不忍,只有忍痛与照相的队伍分开,暂时做了"儿童团长",先行去海边。

孩子们雀跃着奔向海边,大喊大叫抒发着大海带来的博大情怀,脸上也立马晴朗起来。他们叫完,就玩起了沙子,在沙滩上垒起了奇形怪状的沙堡。海水来了,冲坏了沙堡,他们就大笑着再重新来过,乐此不疲。其实人生就是在垒沙堡啊,全心系之、不敢稍有懈怠地行动着,突然一切随水波消逝,失去了,有谁能一笑而过? 又有几个成人能保持不变的童心? 事业、爱情、名利……这些像沙堡一样须臾来去,即便那些看似万世的基业,强过沙堡,也不过仅余遗迹供后人凭吊而已。

再也不要忽视过程的美丽,重要的是你自己知道,经历过、拥有过、灿烂过、笑过痛过、爱过恨过,我们曾经来过。人生再从头,何必介怀! 像孩子一样,只在意垒沙堡的快乐,每一次再从头,都能笑着面对,多好啊!

没有笔,信键盘由之,打字至此,笑意满盈。念及厦门种种,心意也随着彼时厦门的天气而微暖起来。

2008年2月23日

生命中的小小遇见

　　我爱摄影,总捧着重重的大相机四处张望,偶尔没带,也会用肉眼对周遭的风景进行或严谨或浪漫的种种构图,不论是用镜头定格的,还是用眼神刻录的,画面都常有勾魂摄魄之美。我谓之,视觉和世界碰撞,衍生一瞬小小遇见。

　　整理移动硬盘,回放散乱的相片,曾经的匆匆那年,那么多生动鲜活过的瞬息,陡然就浮现在我眼前。人生逆旅,走过的风花雪月,那些瞬间的奇幻与美丽,咔嚓一声,即得以永存。

　　2008年7月我生日,峰弟送了台G9相机,一千二百万像素,大小适宜。第一次有清晰度这么高的数码相机,于是我兴趣陡生,就此爱上摄影。后来买了硕大的单反,游山玩水时,吊在我羸弱的细脖子上,宛若勇士一般负重前行。

　　风华正茂时,我曾走过很多地方,再回想起彼时竟只顾搔头弄姿、摆剪刀手以证自己到此一游,照片中大都是自己煞风景的圆脸盘子。1999年在青岛拍海景,距离太近,拍照的又是生手，照片上海景全无，整个画面仅我一个狰狞笑脸。那顶天立地的丑啊！莫可名状，亦无以言表。追忆那些走过的青山碧水、柳岸花堤，因为没有影像记录，也就没留下珍贵的烙印。追悔莫及啊！遗憾万分啊！恨白白虚掷了游历大好河山的美丽韶光，把如花流年轻易遗失。恨不能找着全套摄影器材，把走过的好地方全部故地重游一遍才不枉。

而每每翻检文件夹，偶拾镜头下的小小遇见，跃然于画面之上，暖了记忆，醉了往昔。

2008年8月14日，我在QQ空间日志《摄影生涯第一步》里写下这样的文字："取了这么隆重的标题，有点惭愧！峰弟送了台新的G9相机，一直没摆弄。今天给老爸老妈买锅盖的时候，在车里瞎摆弄相机，看见路边脚手架上停着好多小鸟，隔着车窗按了下快门，呵呵，回来一看，还挺有摄影的感觉。可惜隔了遮阳膜，有点模糊。上传！也许，一个大师就这么诞生了！"

那张图被我裁剪、调色，处理了一番，并命名为《天青色等烟雨》。那天开始，美丽的地球上多了一个挂着相机、貌似摄影家的文艺女青年。她或匍匐于溪头，或盘踞在崖边，或俯仰于山前，或卧倒在草丛中，或忙碌于拈花惹虫，进行各种摆拍。她孜孜以镜头记录生命，虽然作品乏善可陈，过程的快乐却让她的生命从此多了一个重要课题。当然，那人就是我，云沧海。

一页页翻开目光和脚丫子的履历，这一张，是在2009年8

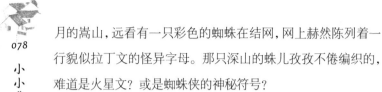

月的嵩山，远看有一只彩色的蜘蛛在结网，网上赫然陈列着一行貌似拉丁文的怪异字母。那只深山的蛛儿孜孜不倦编织的，难道是火星文？或是蜘蛛侠的神秘符号？

这一组照片，是泸沽湖的鸟儿，在烟水空灵的童话世界，喙爪涂丹，羽轻若梦，这些小精灵在幽蓝澄澈的湖面自由飞舞。可惜那天，我把相机参数调错了，所有照片都有些模糊，遗憾！

那几张是几个美女空降昆明。当时满街都是半大的孩子，手持人造喷雪机乐此不疲地对着路人狂喷。这让街道上黏兮兮的，春城的洁净清新在那一刻荡然无存……我们路过街头艺术家的漫画摊，且不论漫画好坏，这位艺术家猖介颓废的气质和须发散漫的扮相倒很是抢眼。

这一组是在丽江"有家客栈"的小院，游客闲坐品茶，交流旅行种种，极富慵懒而浪漫的沙龙气质。温暖的夕阳洒满了这温暖的小天井，阳光在每个角落灵动地舞蹈，光影魔术般炫目地变幻。掌柜老罗一盘未下完的棋半明半暗，一只叫拉拉的狗伏在椅子边上，默默地审视着棋局。

还有一组是小狗狗的，是在龙门石窟古街上随手拍的。阴天，青石阶边，美丽优雅的小狗狗仪态万方，眼神凄迷，泪盈双眸，一回首之间，有无限忧郁的风情，令人心碎……

这一张照片是在野山上，一只孤独的狗儿被锁在阴暗旮旯里，目光一片迷茫。那天我还为此配了首挺悲悯的小诗。

路过的人啊，

告诉我什么叫远方。

远方的小鸟都能自由地飞翔吗？

我的梦被绳子锁住了，

泪水让我看不见阳光。

求你，

求你让小鸟有一次飞过我身旁。

让我听一听，只是听一听，

自由的歌唱。

　　不谈伤心的狗儿们了，看下一张，长江第一湾的山楂果，映衬着满山衰草。我以前不知道这红果果就是山楂果，是拍回来别人告诉我的。这娇艳欲滴、丰润青春、洒满明媚阳光的红果果让我想起一首歌：《怒放的生命》。

　　这一张，拍的是一座不知名的寺庙里的一枝红叶。我真的不记得当时是怎么发现这枝美丽红叶的，阳光穿透那一叶嫣红，有如寂静禅院里妃子的一笑，明艳不可方物。这浅醉薄晕的叶子啊！难道你想像一朵花一样，在禅院的静默里，无言地绽放吗？

　　那一张的构图特别奇妙，正午，我站在摩梭人居住的里格村"陌上花开旅馆"的阳台上，石街上的一切都慵懒闲适，竹栅栏边一只大狗没心没肺地倒地而睡。遮阳棚的暗影里，一只叫小路的猫卧在台阶边春睡，小街上一个路人的影子，正在阳光下静静展开……我这个看风景的人，站在阳台上俯拍下这个画面，构图莫名其妙，视角却有趣极了。

我特别喜欢的一组，是阳朔西街的。陈旧的木牌上，是"发呆免费"几个歪七扭八的手写字样。我拍下寻常街巷、红梁灰瓦、火红灯笼、吊起的玉米与小挂件、参差的小绿盆栽，还有楼下茶炉那浅浅浮起的白烟。其实这组照片，应该命名为"人间烟火"更贴切些，但我坚持用"往事如烟"这个不着调的词语来命名。只是觉得这小街的古意与烟尘，适合坐在一隅，静静回忆前尘和往事。

那一张，车窗外是蓝得不可思议的天空、白而厚重的层云、延绵千里的青藏公路、白雪皑皑的昆仑山和唐古拉山……

这组是我在青藏高原自驾游，有安静的牦牛与马群偶尔从车窗外走过；有易受惊的藏羚羊和野驴；有正迎风摇曳的沙葱花，以及种种美丽绝伦却无人欣赏的小花小草；有虔诚叩着长头的朝圣男子，摇动转经筒、心无杂念的信徒，在高原暖阳下绽开无瑕笑脸的山民，在天湖之侧平静乞讨的美丽女子，默默在大昭寺外诵读真言的老者，还有在市井里看着热闹、旁若无人地用手机聊天的年轻僧人。反差若天渊的芸芸众生相，在镜头定格的奇特画面中，相生相融，相映成趣。

怒放在画面上的那些花儿，有一朵被我起了个"蓝天使"的美好名字。这朵神奇的花，童话一般开放在藏北的一处青青草坡上，花瓣若蓝色的羽纱，它开在高天流云之下，开在墨绿荆棘之上，宛若能把灵魂染成湛蓝色的梦幻。真的难以相信，这竟是人间的一朵野花。还有一朵，是玄武湖边的曼珠沙华，火一样盛放在黝黑皱裂的老树旁，这真的是传说中能唤醒前生的彼岸花吗？还有青海湖的油菜花，它们无边无际地怒放着，照片中有撩人心魄的明黄、天蓝和翠绿，以及云彩大朵大朵洁净的亮白，大自然的调色板令人沉醉忘归。

这张是普陀山法雨寺的两只松鼠，它们捧着松果，憨态可掬，这圣地的生灵也沾了仙气吧？另外一只松鼠呢，是在尼亚加拉大瀑布边上被我拍到的，小家伙站在金黄的落叶上，有人喂它玉米，它伸长两只爪子，喜滋滋地接了。

2012年3月7日，在香港海洋公园，我看到一棵开满红花的大树，大朵大朵的艳红缀满高高的枝头，我虽叫不上花树的名字，但看到花朵映着晚霞，在喧嚣的公园里自顾自地艳丽着，其间有飞鸟还巢。那天我没带三脚架，拍鸟有难度，手举得酸麻胀痛。难忘彼时，钉在嫣红花树下听鸟儿啁啾的心境。那一刻，红花纷纷落下，落在我的头发和相机上。照片回家做了后期，鸟儿和花像描绘在浅色丝绢或净白瓷器上的工笔花鸟，算是没有辜负那落英缤纷的一下午时光。我后来知道，那棵树就是舒婷诗里象征爱情的木棉树。

还有瑞士的皑皑雪山、火红枫林和童话一样的彩色小房子，法国安纳西小城的古老城堡和城中小河里优雅悠游的黑天鹅，威尼斯贡多拉船头系着领结唱着缠绵小情歌的水上王子，古罗马斗兽场的苍凉月色，纽约帝国大厦俯瞰到的密如繁星的满城灯火，拉斯维加斯竖琴形状的音乐喷泉，科罗拉多大峡谷悬崖间猎猎展翅的雄鹰，奥地利因斯布鲁克小城的雪山下的黄金屋顶……

翻开相机记录下的所有画面，我幸福地想起，我走过很多很多的路，活着，走着，笑着，累着，痛并快乐着。因旅程漫长，根本无法罗列出经历过多少美丽时刻，算不出我的目光与这个世界有过多少次美好相遇。

所以这个话题可以就此打住，而我作为一个摄影师的历程，才刚刚开始。

因脑袋不够灵光，我至今搞不清楚相机的各种参数，作品良莠常靠运气。但我有一颗文艺的心，时常能发现和别人不同的视角，喜欢大面积留白的构图，并以原创小诗配图，倒也相得益彰。我将之命名为"云中观沧海诗画小品"，在我们的《和鸣》上做了专栏，权供自娱。

相机的镜头，是近视的我的另一双慧眼。那么，让生命中的小小遇见，来得更猛烈些吧！

2014 年 12 月 11 日

台风中起舞的温哥华

温哥华是个宜居的城市。城里高层建筑并不多,城市历史也不算悠久,但这城市的清新风貌和已有些年代的建筑都基本保留完好。这里最古老的煤气镇看起来也并不古老,传说中遍布小镇的街头艺术家也因为大雨而不见了踪影。我们只好去市政广场上看那口著名的蒸气钟,每隔十五分钟,钟顶上就冒出一阵蒸包子似的白汽,墨绿色大钟呜里哇啦响一段乐声然后报个时。见面远远不如闻名,我不知道这有啥好看的。

再写写初冬这里的满地红枫吧!这座美丽的海滨城市是枫叶之国加拿大的第三大城市。我最爱的是这城市"晓来谁染霜林醉"的气质,雨后的城市被洗得洁净无尘,有种安安静静的小忧郁。海边、屋外、途中,雨打落的红叶贴在地面上,风吹下的落叶掠过发梢、裙摆,深红、浅绛、明黄交织,大片浓晕堆积若明丽的西洋装饰画,小景淡彩勾描若古老的中国工笔画。红枫的艳色就这么肆无忌惮地涂抹着、渲染着温哥华的街道。

街道边上随处可见大雁，它们胖胖的，有的就气定神闲地在路中央踱步，任由汽车停下看它们闲庭信步，还要老老实实为它们让道。我路遇一只小浣熊，它也不躲我，任我拍它，看我没啥吃的给它，就冷冷审视了我许久后扬长而去。

街道两边是积木一样好看的彩色房屋，都是有些年代的独栋房屋，据说大批被华人高价收购，有的要拆了建低密度多层楼房。往外是海边，成片的豪华游艇停泊在避风港湾内，那是富人的所有物。再往外是深蓝色的海洋，近棹远帆，沙鸥翔集，浩浩云山堆积在天空上，构成奇幻炫目的画面。

因为台风，说好的豪华渡轮停航了，前往维多利亚市的行程取消。传说中极致奢华的布查特花园、碧根山公园、费尔蒙特帝后大酒店的游览行程通通取消。我一直想看的一号公路，想象中应是神秘、苍茫、邈远的一条长路，后来知道行程上只是安排我们看一下这公路的起点纪念碑，那不就是让人比个剪刀手在一块人工石碑面前照个相吗？不看也罢！

后来我们改道去山上森林里看卡皮拉诺吊桥，虽是雨中，却别有意趣。窄窄的木板索桥系在峡谷深壑之上，在雨中晃晃悠悠，我们在松涛山涧中战战兢兢移步，水雾如瀑，天地间充斥着绿生生的清凉。最佳处是参天古木中蜿蜒的树桥，行走其上，我想象自己若仙子凌云，在林间穿行，恨不能穿个白色大褂子，衣袂飘飘地绕树飞起，像电影《卧虎藏龙》里的玉娇龙那样，在青林碧叶之中若隐若现。

在秀水青山中狂想一通，我的一头秀发变得湿答答的，于是兴致高昂、形象狼狈地下山去了。

也算不虚此行。

2016年10月16日

在唐古拉山口

这次青藏线自驾之旅最大的意外,是在唐古拉山口暴堵的那一天一夜,南方正是莺飞荷绽的盛夏,海拔五千多米的唐古拉山口却是风雪连天。

原本这高海拔的一段只是两三小时的车程,可山口之下的一段急流冲垮了矮矮的土桥,一辆运送物资的车辆侧翻进激流之中,导致唯一的道路断了。前方正在组织抢修。

我们一行七人的小分队不得已暂时滞留于此。堵就堵会儿吧,四个尚有精神的人玩起了扑克,在高原反应下无精打采的朱小哥和静美女闷头休息、养精蓄锐,我一个人来回摆弄相机瞎拍。只是没想到,这一堵,就足足堵了二十四小时,这可是海拔五千多米啊!天可怜见,这一夜真是太悲催了!

白天行车时,我们是豪情万丈的"江南七侠",到了晚上,我们就变成了一群高原反应严重的孱弱者。空气稀薄,呼吸越来越艰难,我们集体眉眼外突、头痛鼻塞、口眼歪斜、目眦欲裂,就像在咒语下垂死挣扎的妖怪，各种原形毕露。

对我们而言，这时什么小破旅馆都是人间天堂，可惜一个也无啊！我们这群来自江苏，平日里四体不勤、五谷不分的懒家伙，被这高原反应折磨到奄奄一息。我尚好，抓绒棉衣套在身上还算暖和，可怜的朱小哥因棉衣早被行李严重不足的静美女借穿了，他只能半闭着眼睛，勉力翻开行李，把最后一件短袖、最后一双袜子，连我的超短毛衣也被借用，全部套在身上，这乱七八糟的造型十分滑稽。可惜彼时，谁也笑不出来，我们共同品味着穷途末路的悲凄之情，不知道长夜漫漫，路在何方。

昨儿个刚公选的带头四哥老许，强自抖擞精神出去找寻出路。半晌回来，说发现了一个野店。大家小声勉强欢呼了两声，丢盔卸甲地挨了过去。原来是荒郊野岭几根木棍子撑着一蓬茅草，四面挂着几个棉布的门帘子，这是给游客们加点热水、热个饼子的小茅棚。与武侠片上的情景惊人相似，此时此境，杀机四伏，如果配合《十面埋伏》的旋律，应是两个绝代高手相约生死对决的所在。绝对够破败，绝对够悲凉！可是于我们而言，这家精简版的"新龙门客栈"已经不啻一个小小伊甸园。于是我们症状最重的三个人买断了老板自己的卧榻——羊粪作燃料的一个大土炕，和衣连帽轰然倒下。而队长带领症状轻的"四大名捕"侠肝义胆地在外面的长凳上和衣而卧。

棚子外面大雪纷飞，尽管狼狈萎靡，尽管羊粪的腥膻怪味弥漫在鼻腔周围，可是，我们得以在风雪夜窝在热炕头上，羊粪在炕洞里熊熊燃烧，我们得以在这刺鼻的味道中昏昏半睡，这是何等幸福啊！

夜半，卧在大炕里侧的朱小哥要去茅棚外解手，让静美女挪一下让他下炕，静美女正以坚强的意志与剧烈头痛做着殊死斗争，她小声嘟囔说："你从我身上爬过去吧，我动不了了。"于是，他从软玉温香之上翻了过去，半死不活地挪到冰天雪地中解了手，又挪回炕上昏昏睡去了。

事隔多年，朱小哥犹念念不忘，那一夜有多狼狈。原来，怎样的浪漫情怀，都敌不过严重的高原反应。

很想用相机或DV记录下"新龙门客栈"当日的诡谲情形，可我当时已经败北在羊粪大炕之上，正在痛苦中与陌生的臭气斗法，无力顾及微不足道的小情调了。

不知同行者还记得否，那一夜暴风雪，号称"江南七侠"的七名猛将崩溃了两个，废了五个。行程开始时，我们三个女人每日还细心装扮，描口红、画眼线，第三天就没人涂口红了，因为每个人的脸颊都变成两坨高原红，嘴唇都变成了天然葡萄紫。后来，我们连头也没心情梳了，反正男士们在低气压中呼吸不继，哪还有心情去欣赏美女呢？后来有人问我入藏自驾游的感悟，我茫然地看着远方，细诉当日种种。我告诉他们，女为悦己者容，女无悦己者则邋遢，信夫！

我应算是这支进藏小分队中收获最丰的一个了。第二天，两粒散立痛一吃，头痛立减。我怀疑我平时有些低血压和低血糖，正好在高原的低气压中症状缓解，于是很快恢复了精神。四个小伙伴又玩起了扑克，朱小哥和静美女依旧耷拉着脑袋一声不吭。

我强撑起神气活现的状态，抓起相机爬到路边野地里瞎拍一气。草地上的小积水洼在绿草环绕中，倒映着蓝天白云，有种夺人心魄的美。我摘了几朵小野花扔在水面上，这也算人工造景吧！这几朵水面上的小花造就了一幅完美的画面。深邃辽远的蓝天，澄澈晶莹的碧水，水面上悠悠漂着的花朵，哇！美到无话可说！

呵呵，难道高原反应下拍的照片，也会衍生出别样深刻感受、别样极致风情？

回到江苏，回看照片，那唐古拉山口噩梦之中一朵一朵恬静芬芳的花朵，那暴风雪中遥远苍茫的黑色天穹，那漫漫寒夜中羊儿的排泄物燃起的温暖，一点点浮现在脑海。那一夜的噩梦变得清新浪漫起来，仿佛那一夜的狼狈早已无迹可寻。而回忆中的我们，也似乎有了闲看花落花开的心境，变得淡定从容、温润达观起来。

彼时我趴在泥水中拍的那些个野草闲花，你能想象到吗？我这个"伪文艺青年"，在这片高原之上呼哧呼哧喘着粗气，冒充一个为艺术不辞劳苦的真艺术家……真可谓精神可嘉！勇气可嘉！

2009年7月22日

第四辑

小幸福和小忧伤

总有被辜负的风花雪月，总有来不及的儿女情长，总有忘不了的暮暮朝朝，总有挥之不去的恩怨悲欢。

容我案上泡一壶茶，湖边吹一阵风，想一想走马一样的前尘往事。

容我自私地拥有这一小会儿，从容的、微醺的小确幸和小忧伤。

矫情吗？好吧！那又怎样？

"凤凰于飞，和鸣锵锵"

什么才是爱情里最好的样子？

很喜欢《左传·庄公二十二年》里那句"凤凰于飞，和鸣锵锵"。那是我认为典籍里最美好的爱情描写。爱情开启，两情相悦，在碧海蓝天相伴飞翔，共同吟唱天地间最美妙而嘹亮的乐章。从此双飞比翼，婉转和鸣。

十年修同舟，百年修共枕。"修"的过程，不该是窝在尘埃里混吃等死、各种傻等，而应是彼此扶持、彼此成就的过程，是在人生旅途中共修共进、共成共赢的过程。

来日，你在华彩的道路上飞驰，我跟随你穿风涉雪；当你在涛声里抚琴弹奏《沧海一声笑》，我也能随松风长歌应和。

什么才是女人在爱情中应有的样子？

把自己修炼到足够好，如果谁傻到离开你，那就等于折断一只翅膀；让自己丰饶成一个宝藏，如果谁傻到离开你，那就等于入宝山而空返。

若是某日，等闲变却故人心，那就潇洒离开，挥挥手即刻闪人，挥之即去，可招之不再来，让背影都美成他一辈子挥之不去的白月光。

很多美好的人却难开悟：放弃一个糟糕的对象，就是扔掉一个毒蘑菇。刚刚好的爱情，是在人生的长途中并驾齐驱。你很好，我也不差；你坚持诗和远方，我也没有停止飞翔；执子之手，风雨同舟。

他已矫健立于十八层高塔，你还四体不勤地赖在泥坑里晒太阳；他苦苦修炼千年，即将位列仙班，你还是个小蜘蛛躲在石缝里，不能化成人形；他奋力驰骋沙场、攻城略地，你还看不懂地图，甚至找不到回家的路。

那么，问题来了，当他飞向浩瀚天宇，你都还没长出翅膀，那谁与之共翩翩呢？即便他的力量够大，能把你驮在背上飞一段，那你怕不怕没力气抓紧，一下子跌落云端小命不保？

对等的爱情，就像买了学区房一样，既赚房租，还年年升值；而不对等、只靠一方苦求死赖着的爱情，就像买了一部代步汽车，一上路就开始了贬值的过程。繁花满路还没看够，你那辆不够结实的爱情小破车已经散了架。

爱情最好的样子，就是"凤凰于飞，和鸣锵锵"。与你同游大千世界，与你偕舞碧水斜阳，与你共庆万物生长。无论何地，我的脚步都能与你一起，世间最美，莫过于此。

女人在爱情中,应该长成一棵骄傲的树,像舒婷诗中的木棉,以树的形象,与他栉风沐雨。根,深扎于地下;叶,相触在空中。每一阵风,都相顾一笑互相致意。花开,枝丫香蜜沉沉,风起,枝叶曼妙婆娑,有着属于各自,也属于彼此的春风秋日。

　　"凤凰鸣矣,于彼高岗。梧桐生矣,于彼朝阳。"

　　当朝阳冉冉升起时,我们相伴遨游在天际。

　　这才是爱情中,我们应有的样子。

2018 年 10 月 1 日

第四辑　小幸福和小忧伤

拼命让自己美好

下巴上长了一粒痦子，有色无臭，既没造成心上的隐痛，也不影响呼吸吐纳。而女人们一直乐此不疲地探讨着这粒红痦子是朱砂痣，还是蚊子血。等闲变却故人心，你们想过吗？你自己，还是不是故人当年那个心头好？现如今，你已然是窗前皎皎白月光，还是一坨邋遢饭黏子？

于是望穿秋水，为伊憔悴，于是为悦己者容，梳妆打扮，于是迎风慨叹，对月歌咏，于是小心翼翼地藏起职场上的刺刀铠甲，生怕硌伤了你的爱人。

可是，成年人的情感不是几个字能解读涵盖的，与所有待价而沽的宝物一样，需要公平与共赢，这份爱才能有价有市。只有相同速度、相同方向的两个人比肩前行，手才能握住不松开。曾看过一个漫画故事：有两只海誓山盟的蛋，一只孵出来是小鸟，另一只是鳄鱼，它们无法分食虫子和游鱼，无法共享沼泽和天空，所以，相守不如怀念。

所有初心，都不会无缘无故轻易丢失。如果你们走散了，可能你们本就不属于同一频道，只是无意中频率交错。信号正常之后，大家回到自己应有的位置，偶尔相逢，你已是别人的某某某，他拉着别人的袖口。

若你真是珍宝，不懂珍惜的就是蠢货，错失了应该守护的美玉。那是他修行不够，不配拥有你的美好，他是可怜人。而珍宝永远奇货可居，快快把自己整饰一新，让下一个捡到宝的幸运星偷着乐去吧！若你选择自我放弃，那就洗洗睡，不要想零点前哪个仙女会来施魔法，给你变双水晶鞋，让你从黄脸婆哗地变身，变成"王子收割机"。

你必须拼命让自己美好，美到自己都会情不自禁地爱上自己。

你要让自己有些奢侈的妆饰。梦想是女人最美的华裳，穿上吧！把年少的梦都寻回来。你可曾想守着一家开满鲜花的小店，或者，背着画夹骑自行车环湖写生？可曾想购置三分薄田悠然赏菊，或者，想自己独立酿一坛山楂糯米酒？你是否想拉一曲《梁祝》却至今看不懂曲谱？你是否想写一本书却连一篇"豆腐块"都没发表过？你是否想开一家公司，可是连小店也没经营过？没关系，从今天开始试一试，结果不论，只为年少时的梦想不留遗憾。

你要发自内心地微笑，胜过在苦瓜脸上贴一百张面膜。你也爱看那巧笑倩兮、美目盼兮、嫣然莞尔的一回眸吧？谁会爱看那眼神幽冷的泪眼苦菜花儿或眼神比钢刀还阴森的白眼毒妇？更别说那要死不活、呼天抢地的怨妇了。活着不易，来吧！笑一个，自然天朗气清。

笑是一门学问。有时你因一个一诺千金的人失信于你而愁云惨雾。因为你在他眼中过于渺小。任何旁枝末节之事，都可以成为他辜负你的理由。这时，你得一笑而过，不要跟自己较劲。你重要与否，需要你自己去刷存在感。笑一个，如果不能瞬间强大，就远离那些无视或俯视的眼神。要么勇敢走上舞台，甩出一袖子铿锵，要么回到你自己草色入帘青的陋室，闲来翻书烹茶，且听风吟，偶尔自个儿犯犯公主病。或者淡然一笑，练习糊涂，凡事大而化之，吃亏只当积福报。

纵有世间风雨聒噪在耳，我们也必须拼命让自己美好。喏！水盈盈会说话的眉眼儿，善解人意的慈悲玲珑心儿，生气勃勃的小胳膊、小腿、小身板，还有，那灿若花开的一笑。坚持最有趣的活法，连自己都爱上自己，谁不愿与你同行？

自今日始，拼命让自己美好！哪怕是一粒美丽的尘沙，也可如蜉蝣自在于自己的微观天地，悟前尘之不谏，冀来日犹可追。或许，有些失去，值得鼓盆而歌。

Are you ready？ 时刻准备着，好运正在路上，排着长队，等着与你相遇。

2016年1月19日

《紫砂物语》

《"水晶鞋"和"二子"》

《和自己好好恋爱一场》

《美丽天湖纳木错》

《低成本的幸福》

《突然想做隐士》

《偶尔翻起了日记》

《扫描老照片》

喝完心灵鸡汤，明天吃肉夹馍去

周末儿子要吃必胜客，他美美地啃着舶来的洋大饼子，心情很好。我问，比这陕西肉夹馍好吃吗？他答，好像也没有，可是班上同学都要吃，因为吃比萨洋气，而且比萨显得上档次。

吃着，儿子说起小学里的趣事，说他们的教导主任亲自给他们二年级一班上了一堂公开课，有很多外面的老师和教育局领导到现场听课。教导主任讲了一个"我是霸王龙"的故事，很多同学都感动得热泪盈眶，还有人哇哇直哭。我问为什么哭，儿子说，因为很感人呗。

可是儿子自己没哭。我问他为什么不哭，他说，我就是觉得没那么感人。

儿子又说，其实他也想哭，但哭不出来，就暗暗使劲打哈欠，好不容易弄出一点眼泪，结果哈欠没打完眼泪就干了。我问儿子为什么装哭。他说，人家都在哭，他不哭，觉得没面子。

我瞬间大笑不止！"熊孩子"表达得相当精准。敢问诸君，

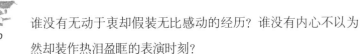

谁没有无动于衷却假装无比感动的经历？谁没有内心不以为然却装作热泪盈眶的表演时刻？

记得我小时候在乡下外婆家长大，后来才回县城上小学，那时我性格腼腆，穿衣打扮土里土气。父亲到北京出差给我捎了一个皮封面的本子，那时叫作"软面抄"。我视为至宝，顿感新本子改变了我灰头土脸的落后面貌。我写了两页字，又悔恨地撕掉，恨不得把新本子弄个供桌供起来才好。第二天，班上最漂亮时尚的班长也在炫耀一个新本子，全班众星拱月般蜂拥欣赏。我随即发现，这就是我那缺了两页、撕痕犹在的本子，上面铅笔写的名字已被擦去，但字的痕迹犹清晰可辨。随即我们就爆发了"新本子争夺战"，全班几乎倾巢出动，一方是我，一方是除了我的所有人。

六岁的我被七八岁的孩子组成的人墙推翻在地，龇牙咧嘴、披头散发地抱着我那个新本子，而班长等人都在抢那个本子，最后，老师到场，明确判断那个本子属于我。

彼时那个本子已经在暴力抢夺中被踩蹋成一团手纸了。事后我委屈地问起那些参与抢本子的同学，他们讪讪地说，只是因为看大家都跟我抢，以为⋯⋯

人若活到盲目跟随一种并不高尚的大众习惯和行为模式，而忘记了自己应坚守的道德情操和行为准则，那就算是随波逐流吧？

蒙蔽了是非观,迷失了真我,失去心灵中纯粹的感知与清明的快乐,被世俗驱遣着,心为形役,蝇营狗苟,是谓随波逐流。

我们不要这样的生活。

越年长,越清醒,越该知道自己心之所向;越坚持,越失落,越想坚守心灵的城堡。

愿自己,不求苟同,不齿媚俗,不屈从于欲望。我对儿子说,顺其自然就好。做好自己,不管他人如何议论。

希望自己能日臻成熟,自知、自省、不矫情、不做作、不虚假、不浮夸,能活得平静安然,自在从容。进退随心,处变不惊,即便行至水穷处,也有坐看云起的心境,倘有朝一日,真能富贵显达,也能淡泊淡定。不想哭,就别哭;不想苟同,就别拍手叫好;不可忍,就拍案而起;不可为,就别骗自己说不得已;不忍心,就尽一己之力,付诸行动。

2008 年 11 月 19 日

低成本的幸福

五一假期，我陪儿子在家复习功课，也给自己放个假。近期跌跌撞撞诸多不顺，有些累了，那就设法放空吧。成年人所有的重要决定都伴随着很多鸡零狗碎的细节，在做出最后的决断之前，所有锋利的言辞都是花哨的假把式。

那就三缄其口，不说了。

悟了？就当悟了吧。就把祥林嫂似的嘟嘟囔囔，转换成寻常的嘻哈絮聒。人到中年，心中和脑中都要有一个万能格式转换软件，随时把自己调节成能正常播放的格式。

难得心无挂碍，索性关了手机，断了网络，下决心把几本新书看完。心境静好，呼吸中却充盈着灰扑扑的尘土味，想是最近南京家中无人。于是忽焉纵体，流星赶月，卷起袖子大清扫一番。但凡我这种"女汉子"干家务，要么不干，要么就甩开大膀、吼着大嗓、抱着决心轰轰烈烈挥汗一番。

于是各种整理、各种除尘，换洗被罩、床单、窗帘、坐垫，然后拖地、抹窗，连小玩偶都一一擦个头光脸净。儿子功课做完后也被我大扫除的激情感染，主动投入家务劳动的滚滚洪流之中。

收工，家中纤尘不染。酒柜上倒挂着的那几个使用率为极低的水晶高脚杯重新绽放出璀璨的光芒。想起它们进我家后，除了大扫除时总被擦来抹去，从未装过葡萄美酒，上一次被"临幸"，好像是两年前我用它们盛过一次做得不成功的蜂蜜胡萝卜汁。顿时觉得它们跟了我，完全属于明珠暗投，于是心生恻隐，取下其中一个，接一杯白开水喝了，又把它倒挂回去。

家中所有尘土似乎都被清理到了我的身上，于是我从头到脚隆重沐浴，这样结束光荣伟大的劳动者幸福的一天，顿感境界崇高，心满意足。

儿子看到阳台上被我刚刷洗过的旧帆布鞋，大喜过望，激动地抒情："噢，亲妈！您把它刷得像新鞋啦！真是太好啦！"

突然心生惭愧，似乎我有几年没帮他刷过鞋了，虽然小子每双鞋的使用寿命都比较短，但孩子的感动似乎说明：因为难得，所以弥足珍贵。

虎子六岁开始住校，我只是每个周末陪他。今年他上初三，虽丢三落四，倒也跌跌撞撞保持着独立，对家长心理和生活上的依赖很少。他倒是经常会照顾我的心情，习惯了像个男子汉一样负重，和我出门，他坚持要拿所有的重物，这种很体贴的性格让我倍感欣慰。在他七岁时有一次我们上街,他拎着沉重的大包,在小腿上一撞一撞的,我有些舍不得,也怕路人暗骂我这当妈的无良,就说给我拎,他轻描淡写地一甩头:"不用不用,太重了,你哪拎得动!"然后歪着身子、拎着大包继续艰难前行,当时我被感动得几乎落泪。

上学期开家长会时,我去了他宿舍一趟,虎子下周回来跟我说:"妈妈,现在宿管老师看到你,不再可怜我了!"

为什么啊?详情如下。

作为散养孩子的反面典型,我虽常去班里和老师交流,但因学生宿舍离教学区远,初二虎子换新宿舍后我就没再去过,全凭这小子自己糊弄。小子丢三落四在操场把冬季棉校服弄丢了,他又貌似不畏严寒,只穿着前年窟窿朝天的秋季单校服。宿管老师很有爱心,看他在寒冬里冻得青头紫脸的样子,觉得他是个家境贫寒、意志坚强的模范少年,就慈祥地对他说:"生活上有什么困难,一定要告诉老师!"有一回,宿管老师捡了一个破塑料盆,就送给虎子说,拿着吧,还能将就洗洗脚呢。

我一脸辛酸地看着儿子:"你就不能把自己拾掇得像个人样,别让我蒙受这不白之冤吗?"儿子连说"对不起",又说:"不过老师看你这么年轻,说不定以为你是后妈呢!"

我自责地问:"儿子,人家父母每周都用车接送,我让你自己倒几次公交往返,人家父母每周去宿舍给孩子洗衣服、晒被子，我从来不去帮你干活，我这当妈的是不是太糟糕了？"

"你去帮我晒被子做什么，难道我自己没手没脚吗？"他一脸不以为然地安慰我，转而赞美，"你送我去读少年商学院，陪我玩，陪我看书，带我走过那么多城市，我们一点儿代沟都没有，我觉得你做得太好了！真心的！"

我又听得泪眼婆娑，我善解人意的小心肝啊！我感动得当晚做了一个牛肉大饼给他吃。

前日，我严肃批评他各种缺点，然后痛心疾首地自责说，恐怕是我的教育方法有问题。他各种辩白解释。

我急火攻心："有缺点为什么不承认？面对不足，才能改进！懂不懂?！嗯？"

儿子讪讪地说："我是看你自责，怕你觉得没教育好我，就想告诉你，我没那么糟。其实你说的缺点我明白，我会努力改的。"

一席话说得我很开心，不过，当时我那个汗颜啊！

今天，偶尔帮他刷了一双球鞋，他就满脸幸福。我觉得，儿子对我这当妈的要求真的太低了。而幸福感，细细寻味，则无处不在。

不计成本，未必快乐，不用成本，也能幸福。

这个午后，躺在刚擦得锃亮的沙发上，幸福感油然而生。我对儿子的期望其实很高，想让他卓尔不凡，想让他金榜题名，冀望来日，我能以他为荣。而孩子对我，却要求很低。

其实，身边的亲人、朋友对我要求也很低，一点点的小心意，他们就愿意开心许久。我生在十几人的大家庭，总因各种琐事倍感疲惫。今天儿子让我明白，也许，因为爱护，大家对我的要求才都"低到尘埃里"。比如父亲在病中，有时我帮他洗洗脚，他明明很开心，却又有些拘谨，不习惯于女儿的付出。比如母亲，我帮她揉揉背、捏捏肩，听她说些鸡零狗碎的小事，或者，只是抱抱她，她就感到幸福。比如哥哥们，我出差回来送他们两包茶叶，他们就欢天喜地结伴来我家取。如果没有我做的这些，他们的生活会受影响吗？他们开心不是因为细小物什，而是因为喜欢送东西的我。有时候，朋友看我淘来小玩意儿，就果断占为己有，无非是表达对我眼光的褒扬和能够心无挂碍地和我抢东西的小快乐吧。因为低成本的分享，大家都心花怒放，多好！

还有一两知己，心甘情愿和我分享着生命中的各种甘苦，做我的拐杖和脑子，容忍我半夜三更在电话里絮叨自己的困惑，没有心理负担就可以轻易打扰，"斯世当以同怀视之"！

突然，就想感恩生命中所有重要的小伙伴。

原来，我是一个这么幸福的人哪！感谢儿子，让我在这一刻有所领悟。

好吧，想付出，哪怕一点点，现在就开始，别拖延！你想付出,也得对方愿意接受,接受付出有时也是一种好意。

我幻想,假如有一天,我有了很多钱,定会有很多人前呼后拥吧?倘若幻想成真,却不再有人真正关心你的死活,不再有人在意你今天在哪儿、明天去哪儿,不再有人唠叨说:"开车的时候要当心啊!""流感季节要喝板蓝根预防预防啊!""寒流要来了,别臭美啦!"不再有人打电话给你,只是看看你睡没睡,不准你熬夜伤身,也不再有人让你牵肠挂肚了。那时即便坐拥亿万财富,是不是也成了最贫穷的人?

徒拥连城,却不能让知己共享丰盛;空坐宝山,却听任亲朋无功而返。在我心中,拒绝分享的财富,是一种无趣。

好吧,和虎子碰杯,饮一杯白开水。我提醒自己,一定要珍惜眼前低成本的幸福。

你若惜福,幸福就跟前跟后,任你予取予求。而那些阴暗狭隘者,纵不计成本,幸福也不会再敲他的门。

2013 年 4 月 7 日

第四辑　小幸福和小忧伤

"女汉子"也可以忧伤一会儿

某天边开车边听歌,"女汉子"听着听着竟然泪眼婆娑,也许是因为被歌词击中内心,孤独感翻涌上来。"能陪我走一程的人有多少? 愿意走完一生的更是寥寥。"于是倏忽感伤,一边开车,一边任清泪半行滑落白胖腮边。

某日暴雨,"女汉子"疲于奔命,高跟鞋砰砰溅起水花,刚吹卷的妩媚大波浪发型被淋得形似卤浸的腌菜。不如就索性湿透吧! 于是昂首从容漫步雨中,想起很多年前,也是大雨天,一个人妄图用手掌为她遮雨,彼时的十分钟,伴着回忆,冰凉中微微透着暖意。

某天高朋满座、觥筹交错之时,"女汉子"突然忆及某时某个人说过的某句话,顿时觉得对面那些红口白牙成了虚幻的存在,而某些并不算刻骨铭心的回忆顷刻席卷而来,她刹那间成了置身事外的看客,那些与她无关的话语和欢笑冲撞着耳膜,发出空空的回响。

不知何时起，某个人从此不再说"早安""午安""晚安"。于是午夜心潮澎湃，小心肝百转千回。为什么呢？咋回事呢？究竟是怎么搞的呢？伤春悲秋、哀哀戚戚、不甘心睡去，嘴角默默流淌出委屈的哈喇子。

多愁善感一箩筐，"女汉子"，也会忧伤。

吃饱噎着撑着了？明明是死撑半边天的"女汉子"，却纵容若干大小情绪纠结，总结两个字：矫情。

矫情有罪？

矫情也许是花样年华的专利吧！肤如凝脂、韵致楚楚的小女生骄傲地嘟个小嘴儿，死钻牛角尖，最好配合上悠扬煽情的背景音乐，再直击灵魂地发个嗲。或者静静地手托小下巴营造月光下的孤寂，那自是极美的。

可你能想象一敦实肥胖的大妈，一边坐在小板凳上杀鱼、择菜、处理鸡杂，一边伤春悲秋？

其实，做惯了"女汉子"的大妈、大婶、大姐，有时候，也想静静忧伤一小会儿。

弱弱地问一下：就一会儿，行不？

青葱岁月不经意就白驹过隙了，看破红尘的姿态基本上是心灵软组织挫伤留下的后遗症。可是，"女汉子"就是不愿意，也不舍得丢弃那颗清莹的初心。她执拗地记取那时明月曾经怎样皎皎映照过干净的回忆！而那如水月华，何时被鸡零狗碎的往事折射进了旁边的沟渠,横七竖八地照出了枝杈的暗影。

常常倍感麻木不仁,似乎不感动,心就不会痛,泪腺也就被岁月风干成干涸的小河沟了。人生的角色变成公式化的对号入座,所有的结果似乎已无悬念可言。可是,条件反射般固化的人生,是我们想要的吗?

如同一张考了许多年的试卷,答题人已清楚每一个小数点,因为所有的答案注定一成不变。任你怎么痴情描摹,画出的都是前人画过千百遍的东西。那么好吧,且吃且嚼蜡,且行且麻痹。不断打磨自己的内心,安静到死水无澜,没有了贪、嗔、痴,是不是就算打磨到优雅、成熟、懂事了?

于是你越发老成持重、处变不惊,变得泰山崩于前而面色不改,越发变得冷静、清醒、睿智、通达,越发变得勤恳善良、贤淑静好、无私奉献、大局为重、无欲无求,越发变得务实勤勉、胸有丘壑、为所当为,越发变得温良谦恭让、贤良淑德,想干什么呢? 真想伟大地累死?

女人的幸福在于,跟着自己的心奔跑,快或慢,远和近,爱与恨,皆可随心随意,自由发挥。

有时候,就容"女汉子"独自忧伤一小会儿,那只是一种不咸不淡却无伤大雅的情怀。多巴胺的分泌让小心脏仿佛有一根线,一牵一牵,有一种微弱的疼痛感。

忧伤一小会儿，在回忆中沉淀，时光去哪儿了？曾经的梦想去哪儿了？筚路寻常半生智，浮生辗转四十秋。大道绵延，你想去哪边？已畏乱霾遮慧眼，便引清泉洗冰心。哪里是心灵的桃花源，哪里又是魂兮归来的田园？此时，适合默默地陷入一个人的冥想。

忧伤一小会儿，感受一点点钝痛，还会因隐秘的想念莫名而喜而忧。这心境穿越时间，将"女汉子"带回青涩的韶年。如早年课间，钢笔写下那些华丽的辞藻，表达欲拒还迎的情愫；如初次约会等他不来，等花不开，一派颓唐；而后花又开了，他又来了，喜出望外后便生嗔怪埋怨。

忧伤一小会儿，总有被辜负的春花秋月，总有来不及的儿女痴缠，总有忘不了的朝朝暮暮，总有挥不去的恩怨悲欢。且容我们，泡一壶茶，点一炷香，吹一阵风，走马一样回想前尘往事。秒针嘀嗒，很多往事已经不值得再争是非。

忧伤一会儿吧，往事就不再提，把纠结丢在风里。

再忧伤一会儿吧，会伤心，就不算垂暮老朽。除了为生计辗转，被琐事桎梏，至少还能有自娱自乐的兴致，纵容一下风云变幻的个人情绪，中年以后，还能认真地、勇敢地、投入地与自己的心灵裸裎相向，是一份多么奢侈的情怀啊！

时间是轰鸣的机器，我们统统被驱遣到流水线上，思想一一被加工磨砺，抛光塑形，上色蜕变，成品是工业化流程下的标准化思维。他们说，忧伤是一种毫无用处，又过于昂贵的情绪。

那么钻石呢？它不能果腹蔽体，不能滋补强身，却售价高昂，世人为何都孜孜以求？因钻石闪烁如遥远的星辰，璀璨了指间的流年。

而这半梦半醒之间的小忧伤，也是"女汉子"冗长岁月中，小小的时光钻石啊！

所以，"女汉子们"，且自私地拥有这一小会儿奢侈的、清浅的、微醺的小确幸和小忧伤吧！

矫情吗？那又怎样！

2016 年 3 月 17 日

有种母爱叫"自作多情"

送儿子到机场的前后过程,令我深深地感觉到自己被嫌弃了!

我预设了很多桥段,足够婉约煽情。例如默默目送儿子的背影,坚强地噙着泪水;例如依依挥手告诉儿子要坚强,不要惦记家人;例如整理一下儿子的衣服和头发,慈祥地送儿子进入安检口;例如故作淡定地挥手告别,湿了眼眶,心里离愁泛滥成汪洋。

事实证明,我真的想多了。

儿子前一天压根儿就不想让我送,因为人家有一群小伙伴,前夜通宵不睡觉,也不误一大早的飞机。在我的强烈坚持下,他仿佛是为了照顾我的个人情绪,才勉强同意了我开车送他到机场,一大早来了一小胖同学,坐我车同去,其他小伙伴则到机场集合。这小子还挺有人缘啊!

到了机场,儿子就对我动之以情,晓之以理,说服我先打道回府,因为一会儿人家一群小伙伴要集合话别,家长在场影响气氛。我深沉地说:"儿子,等你再长大一些,你就会意识到亲情有多么可贵!"结果儿子嬉皮笑脸地搂着我说:"妈妈,人家不是还没长大吗?还有一个月才成年呢!就容我再年少轻狂一个月好不啦?"

然后,他抛了一个媚眼给我。好吧,我投降了!小宝哥陪着我灰头土脸地到机场楼下,无语凝噎地点了一碗面条。这时,偶遇同车的小胖同学也来一楼给我家儿子买吃的。我又赶紧整理好情绪,殷勤地买了一堆油条豆浆,屁颠屁颠地塞给小朋友。估计是那孩子拿着油条有些同情我,安慰说:"阿姨,其实臻朴不让您送,是怕进安检的时候,您会哭。"

听听,听听,你相信了吗?

反正我没信。

儿子是8月18日的机票,去纽约州雪城大学报到。我提前两天就眼巴巴地赶回家,准备排除一切杂念,全心全意陪他整整两天,帮他收拾行装,语重心长地与他谈话,让他接受母爱的光辉,就算到了异国他乡也能想起浓浓的母爱。

想法确实丰满,现实相当骨感。

儿子一直忙于他那些同学、伙伴的大小送别聚会,两天持续早出晚归,并且早早汇报说已经答应了各种话别邀约,也就是说,基本没我什么事儿。

起飞前夜，我怕他误点，打电话、发短信多次耍狠催他回家，结果小混球夜里3点才到家，说是手机没电，没看到我的电话和短信。然后搂着我说："哎呀，妈妈别生气嘛，你都是大人了，怎么这么感性呢……"然后他抱了我一下，分别在即，我也就没那么生气了。

然后就是开篇被嫌弃的场景。唉！我排除万难、争分夺秒想展现的舐犊深情啊，其实吧，也就算是一种"自作多情"。

我跟前跟后拿着手机拍了几张儿子的背影，他也搂着我的肩敷衍地咧嘴拍了两张送别照，娘儿俩就此分别。估摸着儿子不会有朱自清的情怀，目送我的背影消失在人海。

我心情复杂，在机场一楼发了一条朋友圈：

去吧，去吧

去你自己的天空

自由飞翔

去彼岸追逐梦想

苍茫寥廓

前行就是方向

没钱花的时候，小子

相信你会想起

远在祖国的老娘

一言激起千层浪，有共鸣的家长乌泱泱一片。同班的川远昨天起飞，他妈妈就约我一起喝下午茶，说送别时，她儿子只让她送到电梯口，就携行李与美金潇洒作别，剩她自己回家看着孩子的空房间眼泪哗哗地流。

看眼前的妇人梳着长马尾，穿着精致的碎花连衣裙，实乃优雅知性小女人一枚。我们唏嘘嗟叹，都是不能相信，自己高中毕业的情景清晰如昨，时光匆匆，居然就沦落到了孤独寂寞的年岁。忽想起儿子从《离骚》里学的一句话："日月忽其不淹兮，春与秋其代序。"

曾记高中那时，我们也青春正好，叛逆张扬，渴望自由独立，觉得大人们总在干涉自己的空间。不过那时的家长更为简单粗暴，总是对我们那点孤芳自赏的小情小调横加干涉，极少顾及我们的感受。儿子这一代人已经幸福多了，因为大多是独生子女，又因社会进步，父母会更多关注孩子们的感受。可是，参与和干涉孩子内心世界的欲望，那颗寝食难安地渴望介入孩子生活的父母心，似乎从未改变过。

儿子常笑说："我妈对我简单直接、持之以恒的粗暴教育方式，打造了我坚韧、独立和强大的内心。"

我的父母对我们兄妹仨的教育方式就是时而疼爱，时而严厉，但我们在重压之下都成了孝顺懂事的孩子。我对儿子也常常极尽训斥批驳之能事，偶尔忍不住也出出拳脚。就在前几日，因沟通不畅，我还狠狠甩了他几巴掌。不过儿子很成熟，并未与我反目成仇。他拿起笤帚，扫掉我扔他的玻璃杯，劝阻我要淡定沟通，不要一言不合就冲动，还说："你随便打我几下没关系，自己不要生气啊！"

其实，他彼时应该心情很坏，所以没有跟我们一起留在饭店吃晚饭，找了个借口先回家去了。

恰好在朋友圈看到一段演说的视频，标题是"你口口声声说爱，却面目狰狞"。我心中陡生惭愧！我不也正是此类父母，叫嚣"我打你骂你，都是为你好！"。其实，那怎么能是爱，只是家长没有管理好自己失控的情绪而已。孔夫子说，己所不欲，勿施于人。反过来讲，己所欲，也不能强加于人啊！你要吃什么，你要有怎样的世界观，你要有什么爱好，你要穿什么衣服，你要梳什么发型，你要选啥专业……我自以为是，常常没想过也没问过上面这些问题，就强行让儿子唯己命是从。

晚上，我到儿子房间，跟他诚恳道歉："对不起我错了，妈妈今天太粗暴了，真不该打你！"

他惊诧莫名地搂着我的肩，安慰我："妈妈不用跟我道歉的，我内心很强大，您怎么虐都没关系，不高兴欢迎随时打，只要您自己别生气就好了！"然后小暖男绽放了一个超级暖的笑容。

多暖心的娃！我是不是该流泪？

孩子从出生开始，就成了我们人生的重心。尽管经常不怎么受孩子待见，我们却要时时刻刻在他们的世界彰显存在感。

中国式父母大多喜欢按自己的意愿强行塑造孩子，或者让孩子承担自己未完成的梦想。他们往往把孩子当成实现自己愿望的机器，这份爱，其实并不像我们自以为的那么纯粹。

每个孩子都是天使，陪伴我们度过一段好时光，他们让岁月青翠鲜活起来。我们也该感恩。他们是最美好的过客，他们离家那天，我们应该祝福他们，希望他们平安快乐，然后努力实现他们自己的理想。

爱孩子，是在他成长的过程中，给他正确的方向。他飞走了，远远地关怀鼓励他就够了，别用你的控制欲绑缚他，也别用你手中财富的利刃割伤他飞翔的羽翼。让他自强自立，用心去飞。我们需要做的，是继续前行，给孩子精神的力量，继续做好榜样。

儿子十岁时有一次小演讲，说："我的妈妈教会我，要有梦想，并且为梦想坚持，她教会我去爱别人，还要有爱的能力。她独立自强，教我诚信是从商之道。"

我当时心中窃喜，后来，他渐渐长大，性格渐露锋芒，棱角越来越多，这让我相当烦恼。现在想来，这不正是我想要的独立精神吗？去美国留学的所有手续，我均未操心，全是儿子自己一手经办。虽然惭愧，却也欣慰。他性格中的缺点，大都传承自我，我应该擦汗念叨："亲生的！随我，随我。"

作为留守老妈中的一员，我有点汗颜地意识到，我以为的母爱，有时真的是一种"自作多情"。

孩子们会说："有种寒冷叫你妈说你冷，所以要你穿秋裤。"瞧！儿子的行李彻底拒绝了秋裤！好吧，管他呢！

孩子离家了，多开心的事！我们又可以恢复到青春美少女的状态啦！谁规定中年妇女就不能有颗少女心？从前创业的激情在哪里？曾经的梦想在哪里？罗曼蒂克的情怀在哪里？来吧！把自己捯饬得美美的，来一场说走就走的旅行，写几行半文不白的打油诗，或者，单亲的家长，左右凝神，留意下哪个转角会有突如其来的爱情。

亲爱的儿子，妈妈还会继续自作多情地爱你，远远地为你加油鼓劲。但是，我不会阻碍你的飞翔，并且，你想歇脚的时候，妈妈永远在原地。

2016 年 8 月 18 日

第五辑

小小思绪

　　痴缠、怨怼、贪恋，可笑的小儿女情怀，都是真性情之所至，何须格外修炼。经过简单磨合，真心自会心心相印。刻意矫饰的，还是真爱吗？

　　相爱，本应是风吹幡动、雪落满舟的情境，洁净安宁又熙熙攘攘，伊在闹，他在笑，纷飞的热闹，寂静的欢喜。

突然想做隐士

我年轻时在县里的机关单位上过班，豪情壮志满怀，虚度七年。刚上班时总觉得自己才高八斗，家事、国事、天下事，还有单位事，啥事都懂。

那时对人或事的看法也简单直接，好即是好，反之即是坏，没什么中间地带。喜欢一个人，他的雀斑都会变得熠熠生辉；讨厌一个人，他的高风亮节也是做作的沽名钓誉。自己有点过失，不去责怪自己，却迁怒于指出自己过失的人。宽以待己，严以待人。

那时多么年轻啊！年轻嘛，没有什么不可以。即便有些小错，也有大把的时间去改正。对未来有着太多的奢望，以为自己肯定是最与众不同的那一个，绝对会有无法想象的精彩人生，以为奇迹正埋伏在某一个拐弯处，专门等着我呢！

后来平平淡淡地过了一天一天、一月一月、一年一年，知道每个人的思想可以大如星空，而属于自己的天地可能就芝麻点

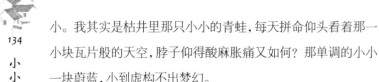
小。我其实是枯井里那只小小的青蛙,每天拼命仰头看着那一小块瓦片般的天空,脖子仰得酸麻胀痛又如何? 那单调的小小一块蔚蓝,小到虚构不出梦幻。

我在那儿一不小心就过了七年,其间毫无建树,也毫无存在感。

某一天傍晚,我看着二楼办公室窗外灰不拉叽的树叶,想想自己这一天竟然啥也没干,连白天看过啥报纸也没印象了。其实,这七年,我觉得我没干过任何有意义、有生产力或有趣的事情。这个真实而扫兴的自我工作总结,让我突然悲从中来。

我就站在那个窗口,一直站着,看夕阳的余晖一点点消失不见,看小城那条小街的轮廓在暮色里一点点被隐匿。别人都下班了,我怅然若失地下楼,走在黑漆漆的街上,华灯尚未初上,我看不见一点亮光,想不清我有没有想去的地方。我不知道自己明天会有怎样的日子,只是明白,现在的日子,不是我想要的。

从那一天起,我决定出走。

后来,真的离开了固守的这一隅,去了一个陌生的城市,开始进入一个新的行业,认识了一些新的人,总之,从这一隅到了那一隅,仅此而已。

倏忽七年又过去了。

那么后来的七年呢? 我有建树吗? 除了银行卡余额比七年

前多了一两位，七载岁月还有什么收获吗？和一个曾是家人的人渐行渐远，相当于推倒了一段不牢靠的小围墙。

我盘点一下自己的收获，儿子的成长算吧：小小的人儿渐渐长大了，有了自己的思想和习惯、自己的朋友和社交。也许，这只是一个小小喜悦，但也是我这七年中最大的收获。其他得失，寥寥而已。

而我自己，依然不够快乐，偶尔觉得累，过的依然不是自己想过的生活。又是一个午后，我呆坐许久，突然想到一种最完美的生活方式——隐居！

也许，我以后的人生都会为这个目标而努力。

我想十年之后，完成人生的种种责任、牵念，我就找一个山清水秀的小村庄，隐居去……

调侃一句，别人笑我太疯癫，我笑别人看不穿。

在想象中，在墟里依依的炊烟升起时，穿着荆钗布裙的我哼着小调，将蜂蜜腌槐花盛进蓝瓷小碗，而后就着远山的薄暮和新摘的黄瓜，细品今天的晚霞……

偶有一两知己来访，乘兴而来，随意自处。在下雪的黄昏，推开我的小小柴扉，在门外卸下红尘的张狂或失意，对着我的红泥小火炉，独饮自带的绿蚁新醅酒。当然，我会加一小菜，比如槐花炒蛋。

再打磨两个老树桩，支起一块超大木板，那是我的工作台，可以泡工夫茶，可以写几笔狂草，微醺之后，来几笔涂鸦，窗前绿植、篱上丝瓜、犄角旮旯的瓶瓶罐罐、飞鸟、鸣虫、游鱼，闲来皆可入画。

城里的套路再深，我梨花满地不开门；声色犬马何有焉，我心无挂碍，远离颠倒梦想。

秋高气爽，我盘腿打坐在竹席上，小练一会儿瑜伽，或者，只是枯坐冥想，放空我本来就没啥内容的脑袋，什么也不想，享受妈妈小时候骂我时所谓"饭胀死木头"的空灵境界。

冬日的午后，有一朵两朵杭白菊、一泡两泡普洱、暖洋洋的阳光。懒洋洋的我，一个小盹也可以打得有声有色……

静夜，披着窗前如水的月华，屏息凝神，听，天籁如歌……

所有关于隐居的美好想象都如此有诱惑力，令我心驰神往。

我可以再花七年，去设计一下隐居的细节，模拟一下隐居的生活方式，也许，这样可以提前预支一下隐居的快乐。

2007 年 7 月 18 日

需不需要修炼

相遇是偶然,相知却是造化;相爱是机缘,相守却是学问。

执子之手,十个手指头一扣,就能进入镜头;而与子偕老,却需在悠悠岁月里,细水长流地磨合,或者说是修炼。

闺蜜阿晨人长得好看,又才华出众,称得上秀外慧中,思想和经济皆独立,单身多年,终于遇上一个体健貌端,品位、素质、年龄皆相当的多金男士,两人也算三观匹配、情投意合。两人连手机铃声都一起换成了《终于等到你》,恨不得要天天打着拍子唱出来。

优秀的男人女人身边都难免有些蜂蝶环绕着,像有人说的:"你能阻止葵花向太阳吗?"于是两人渐渐生了些隔膜,多了些猜疑,有了些口角。两个人都是忙人,你闲的时候我不空,我腾出时间你正忙,两个人都倍感被忽视。于是不爽,感觉好好的一份爱,开始慢慢变坏,双方都渐渐伤感起来。两人又不在同一个城市,刚开始交往的时候似乎用力过猛,又多了些经济方面的往来。是进亦忧，退亦忧，陡生了尴尬。

爱情这东西，温度和火候真心难把握。热的时候貌似真爱无敌摧枯拉朽，冷的时候一句话、一个字都能滴水成冰。爱情抓在手里怕太紧，又怕像指间的流沙一样，越是抓得紧，越快两手空空。偶尔想放一放，又怕没玩好"欲擒故纵"，一纵把煮熟的鸭子给纵飞了，飞远了就再也不回来了。经营感情又像酿一坛米酒，火候不到，寡淡无味；酿得过了，可能就成了一坛"馊米油子"，沤出的全是倒人胃口的泡沫星子。要酿一坛恰到好处的美酒，那火候可得精细把握。

阿晨和男友两人的情感终究酿成了一坛"馊米油子"。时而热烈，时而冷战，谁都觉得不亏欠对方，谁也不愿迁就对方。两个物质条件匹配的人，心灵或心境却不匹配。最后两人终于冷下来，觉得爱情不该是这味，得好好修炼。

于是彼此放下，说是沉淀。

最终，两人低调分手了。

因为看起来似乎很搭调的两个人，心境已不在一个频道上了。男人莫名其妙，觉得感情似乎渐入佳境，怎么竟然分手了呢？彼时，他唱的是"月亮代表我的心"，她唱的却是"其实你不懂我的心"。

男人不懂这个初见时花见花开的妙人儿，为什么变成了一个叽叽歪歪、心眼儿如针尖麦芒的俗女子。她曾经明眸善睐，那双会说话的大眼,怎么就变成了恨不得见到风就要流一通眼泪的泪眼?她上得厅堂的大气、下得厨房的接地气,咋就变成了只会不可理喻地生闲气呢?

男人是真的不懂,当一个大女人开始变成小女人,对你平白无故使起小性子的时候,她必是爱了。越纠结,越是上心,越恼人,越是投入。

他的嘴角不再不知不觉地扬起,只因想起来就挡不住的幸福。他开始觉得她"有病",其实爱情于她而言,还真的是一种病,患得患失,寤寐思服,辗转反侧。她甚至耗费了大量时间去无聊地怀想,因为入戏太深,她忽略了自己原来的角色。她的迷失,导致他也不认识最初的她了。

他原来需要的,可能是一个志同道合的同行者、一个知书达理的贤内助、一个生活秘书加情感和欲望的载体。而她因为中了情花之毒,退化成了一只小小的偏执的爱情鸟,只晓得餐云宿雨,说白了就是情愿为伊去喝西北风。他觉得她不懂事,得狠狠泼她的冷水,让她冷静下来,懂得沉淀。

终于有一天,她"被修炼出关"了。当她经过几番冷静、几番沉淀,终于从剪不断、理还乱的乱麻中挣扎破茧,扑扇着曼妙的小翅膀,以云淡风轻的姿态出现在他面前的时候,她必是准备好了,继续"落花人独立",悠悠然看"沉舟侧畔千帆过",不再为你"过尽千帆皆不是"了。

她的泪点无限拔高，不再莫名其妙地哭泣，她像一只闹钟一样中规中矩地识趣，不再不合时宜地打扰你，你仿佛可以根据心情和需要操控开关，随时随地按一下按钮就停。她不再用一些幼稚的小伎俩来徒劳地取悦你，也不会浪费你宝贵的时间去玩一些无聊的小玩意儿。她通情达理，顾大局、识大体，你看着她回到当初的优雅，说着礼貌得体的话，绽放着亲切的笑容。她认真仔细倾听你的意见，还懂得很合时宜地点赞，她让你时刻如沐春风，不再跟你斗嘴置气、耍小性子。那么好吧，恭喜你，你自由了，因为，她心里沉甸甸的石头已经放下了。

那块石头，是她的爱情。

你要不要，她的爱情都不在了。因为她按你的要求，修炼完毕了。阿晨迷人地笑着对我说，难以侍弄的往往才是珍宝，爱情，其实就是件不实用的奢侈品，价格昂贵，还需常做保养。饲养一只天鹅肯定比养一只家鹅要难，可是为什么癞蛤蟆做梦都想吃遥远的天鹅肉呢？修炼到最俯首帖耳的、刚刚好的爱情，是把一只美丽的天鹅驯服成一只皮实的家禽吗？或者是把一只自由奔放的猎豹，修炼成一只摇头摆尾的家猫吗？

原本想谈谈修炼，似乎主题有些跑偏了，我的文字总是这么词不达意，还是急刹车吧。

突然想起苏东坡和佛印的传说。东坡有偈："稽首天中天，毫光照大千，八风吹不动，端坐紫金莲。"东坡先生自认为自己修炼到无上境界，没有什么能搅扰他淡泊宁静的内心了。佛印看后即批"放屁"二字。东坡大怒，立即过江与佛印理论，佛印问："既已八风吹不动，怎又一屁打过江？"

我很想代闺蜜问问她的男友，你自己常常"一屁打过江"，凭什么奢望她"八风吹不动"？

痴缠、怨怼、贪恋，可笑的小儿女情怀，都是真性情之所至，何须格外修炼。经过简单磨合，真心自会心心相印。刻意矫饰的，还是真爱吗？

相爱，本应是风吹幡动、雪落满舟的情境，洁净安宁又熙熙攘攘，伊在闹，他在笑，纷飞的热闹，寂静的欢喜。

2016年10月7日

第五辑 小小思绪

《论语》里学了一句话

中午下了阵小雨，我半躺在车里等人，刚洗的车弥漫着绿茶香水的清香，我懒散地翻看《论语》。《论语》从前于我而言，如同一个饱学宿儒般枯燥抽象，每次我不求甚解地读上几句就昏昏欲睡，没有潜心一读的胆量。而今年长，世路崎岖。如今再读，顿感《论语》鲜活生动，如夏日匝地的绿荫，宁静而从容，厚重而温暖，深奥而清新。

一页一页翻阅，有很多年少就耳熟能详的大道理，读之容易，行之甚难，如今读来，感触颇多。人性的光明与黑暗、纠结和贪欲、伟岸与龌龊都被孔夫子轻描淡写地进行了口头总结，被他的弟子们记录于竹简之上，伟大的心灵感悟得以润泽万世。

今天学了一句话，曰："贫而乐，富而好礼。"

由衷叹一句，夫子真圣人也。

我认为这是说，安于贫贱的人内心能保持清亮的快乐，富贵之时要做心境平和、尊敬他人的君子。

身边有很多人，包括我自己，都难以保证在灰头土脸、物质贫乏之时不自卑猥琐，真正打败我们的，其实是自己内心的挫败感。于是贫贱则移，于是习惯于摧眉折腰、仰人鼻息，为蝇头微利而汲汲营营。若功成名就，则立马飞扬跋扈、不可一世。纵观此类人，他们基本不会平等地对待他人，他们的视线只有仰视和俯视，没有平视。是谓"贫则卑，富则无礼也"。

我在工作中认识了一位儒雅安静的朋友，他成名很早，后来为合作伙伴所害，事业、家庭都蒙受重创。但我从未听他怨恨诅咒过谁，他一直保持着平和的心态，积极地工作着。他偶尔谈及往事，只说，不想把有限的情绪浪费在仇恨上，更不愿为恨意所累，从此变成另外一个人。

一直看他愉悦地工作，保持着对所有人的谦恭有礼，看到地上的垃圾就捡起来，开车时有人挥手求助即停，救助路边的伤员，帮路人抬重物，竭尽所能帮助所有人，让遇见的人都如沐春风。

很难相信这样光明的人会久居阴霾，我也坚信他东山再起指日可待。希望他坚守自己的"贫而乐，富而好礼"。

看过一段话，说一个人的教养，可以概括为四点：为他人着想的善良、根植于心的修养、无须提醒的自觉、以约束为前提的自由。

深以为然。

是非标准其实在所有人心中，只是，我们是否选择以此为自我行为的前提。

每个人穷其一生都在追寻自己的心灵家园，而心中阡陌若花不再开，何处有繁花满路，待我缓缓归矣？

夫子隔着两千年尘烟，在高山之上谆谆教诲着，"贫而乐，富而好礼"。好想隔着山海，深躬长鞠，给夫子行个大礼。

诚哉斯言，我们要学会尊敬。哪怕最渺小卑微的人，内心都有着自己的虹霓雾霭、天光水影。他们以自己的世界观和价值观倒映着眼中的客观世界，在那个属于他自己的世界里，你不是中心，只是客体。

每一个人，只要有着正直善良的灵魂，就和所有英雄伟人一样值得尊敬。

保持内心深处宁静的快乐，不以物喜，不以己悲。哪怕世界洪水滔天，坚持自己的小小善念。即便不得已心为形役，也可以在内心深处保留一片自己的桃源。那里清泉如瀑、青石如镜，飞花入梦，处处不染尘埃。

脚步或许踽踽，心灵自在飞翔。

"贫而乐，富而好礼。"《论语》里的一句话，在这个午后，越过千载时光，触动我心。

2008年2月18日

偶尔翻起了日记

2007年8月8日是个好日子。

我翻找旧东西，偶尔翻起从前的日记，一页一页翻阅过去，竟是很多陌生的心情。或沮丧失落，或茫然无助，或迷惘彷徨，或抱怨感伤，都是一些断断续续的零碎心情，好像我这个人长期以来生活在水深火热之中，很少有享受快乐的时候。真不敢相信，在温暖的阳光下，竟有我这样"深深太平洋底深深伤心"的可怜人。

那我究竟是不是日日如此愁云惨雾呢？

好像不是吧？

一本日记拖泥带水记了四年，很少记录具体的事件，大多是些琐碎的杂感、模糊的念想。可为什么通篇没有快乐的记录呢？

我仔细琢磨，原来我在快乐的时候，光忙着傻乐呵去了，乐得心无旁骛，哪里有暇去顾及、去总结什么感悟啊！只有在悲伤、失落的时候,我才会像只受伤的小鸟,含泪躲起来舔着伤口,一边顾影自怜,一边对自己倾诉那些絮絮叨叨的小情绪。所以,我据此推测,这四年中,也许只有写日记的日子是不快乐的,其他,应该都是"艳阳高照"吧。

快乐的日子因习以为常而容易被遗忘,不经意抬眼,旁边的书架上有一只土色的小陶罐,样子歪七扭八,显得很拙稚,那是我十年前在一家公司工作时,在一个阳光晴好的午后,公司里的一个清秀腼腆的男孩子邀请我去他家里开的陶吧做陶器。那是一个温暖美好的下午,我满手满脸是泥巴,捏了两只瓶子的泥坯,还在罐身上刻了一具鱼骨的图形和"一天到晚唱歌的鱼"字样。记不清我当时脑子里转过怎样奇怪的念头,只记得那个下午,心情愉悦欢喜。而那个同事男孩,那个下午,我一定以为我永远不会忘记他,可是现在,我无论怎么使劲,都完全想不起他的样貌,也想不起他的名字了。我已经完全把他忘记了。可见,生命中有许多美好的时光,而给我们温暖的人,却轻易就被我们忘记了。而那些阴郁的时刻反而由于这些嘟嘟囔囔的日记,意外地留存了下来。让我想起,彼时,我曾因之肝肠寸断的,竟早已如春梦了无痕了;彼时,曾让我念兹在兹、孜孜以求的,而今却显得鸡零狗碎、不足挂齿;彼时,曾让我欢喜让我忧的爱与哀愁,俱往矣,而今物是人非事事休……无语,似也无泪可流,即便有泪,竟也不知该为谁、为何事而流了。

歌手孙楠唱:"我最深的爱恋,却逃不过时间。"

什么都逃不过时间,其实,我当日是感到多么深切的痛楚啊,也许痛入骨髓,也许如万箭穿心,而今,只剩下回顾时的莫名其妙。昔我往矣,那些爱也好,痛也罢,都像一座座晶莹剔透的冰雕,在岁月中渐渐融化,最后消失了。经过的人只看到淡淡的水迹,谁会想到,这里曾有过一座如梦如幻的美丽城堡。

当岁月的尘埃渐渐遮蔽了曾经清晰的视野,谁还会记起,当初有过什么样的感动?为了谁?因为什么事?再回首时,还剩下多少残存的记忆?在这个快餐文化风行的年代,是不是所有情感、友谊、聚散都是公式化配方下快速烘焙的面点,机械加工而成,毫无余味可言。古典的盛宴是不是一去不复返了呢?还有没有什么经典的东西值得我们回味一生?

偶尔翻起了日记,翻起了曾经被遗忘的真实……这个下午,我回顾过往,那些日子,至少我还记得感伤,也就是说,当时的我,还没有麻木不仁。

提醒自己,无论未来怎样,要珍惜每一刻的心情,真实地、不矫饰地面对自己的内心,不因世俗、功利、得失而蒙蔽自己的双眼……

庆幸,我曾有一支笔,能够留下心灵的墨迹。

2007年8月9日

舍得

这些天遇到了一堆不开心的事,不开心居然成了惯性,让我觉得生活很无趣,觉得自己的人生乏善可陈。

下午读到一则小故事:王二麻子的一件旧衣服被偷了,警察问他价值多少,他说,买的时候一百元,有一次当掉了,花了五十元赎回,有一次破了,花了二十元缝补,共一百七十元。

我笑点低,一个人傻笑起来。

被别人吃了一个鸡蛋,损失巨大啊!鸡生蛋,蛋生鸡,蛋子鸡孙,无穷尽也。得了别人一只鸡蛋,却恨人家没把养鸡场送给你。看似无稽,却是一些人内心的强盗逻辑。

倾城之珍,拥有时无关痛痒,一旦失去,便会放大所失,烦恼倍增。

想起一句话:一个人的快乐不在于他拥有了什么,而在于他不在乎曾经失去了什么。

或许,世人的失望大多源于奢望吧。

许多灵感枯竭的大作家会选择自行了断，结束历尽千帆皆不是的生命，也是因为再也寻不着文思泉涌的感觉了吧。

古人云：舍得。我年轻时，想不明白。

人到中年，失去很多，突然就有些想明白了。

肯舍，能得。一切都不肯放手，也许什么也抓不住，像指间流沙，越竭力握紧，越快一无所有。

洪水来时，舍得丢下背囊里沉甸甸的金银财宝，才能抓住逃生的机会。

商战之中，舍得放下蝇头小利，赢取诚信筹码，得到的也许是不可估量的商机。

感情亦然，与其面对一份分崩离析的爱终日以泪洗面，不如华丽转身，将最曼妙舞姿留给对方，用于终生怀念。为什么非得折腾到彼此心力交瘁、伤痕累累时还不放手？谁告诉你，明天早晨的阳光不会更明媚？笑一笑，一拍两散，省下时间和心情重建自己的幸福花园，不好吗？明年春来，蔷薇依旧盛开。

人生之累，在于彷徨纠结。得不着，又舍不下，自寻烦恼。

回想我这些日子的烦恼，也不外如此。

生意亏本，找找原因，以后尽量扬长避短，以待厚积薄发。

朋友蹭花了你的新车，他又不是故意的，应该庆幸自己买了保险，更该庆幸没有人遭遇真正的危险。

有朋友借了你的钱不还，是啊，他已经欠了你这么久，你不是照样过得很好吗？你的生活又没有因此陷入窘迫。

那个朋友总是借钱不还，因为他欠了债，你应该庆幸自己没有陷入这样的困境，还好，你借给他的不是百万巨款，身家性命依旧完整。

亲戚从借钱就不再上门，手机号也成了空号。也许她很窘迫吧？她若再来向你求援，你是不是仍要帮助她？即便她过得很好，还是不偿还你的债，咱就为她庆幸一下，当初帮助她时的初衷，不就是希望帮她渡过难关吗？

而且，这些琐碎的教训也教会你，不能兼济天下时，学会淡定地说"不"。

更该庆幸的是，你有足够的余钱来帮助别人，说明你日子过得不错，衣食无忧，不用四处求援。

物质或情感上，你都没有欠别人的债，因此活得心安理得。

在所有的情感和经历中，没有亏欠，则没有遗憾。

你遭到对手的陷害，证明你还算有些可圈可点之处，对手没有能力与你正面对抗，才会出此下策。遭人嫉妒总是强于让人可怜。损失不小，也还不至于伤了元气，说明你尚有一点实力，还得到了人生经验和教训，从此该学会防微杜渐。

放下，是为了更好地拿起。

舍，得也。

我舍，故我得。

快乐在心里，看似所在皆无，其实无所不在。

幸福在路上，以为不在身边，其实从未走远。

2007年12月30日

第五辑 小小思绪

岁末感怀

好像忙忙碌碌,又好像无所事事,总之又一年过去了,似乎一年没什么改变,又似乎经历了沧海桑田。

路过的人有谁在忘记或是被忘记?经过的事曾以为铭心刻骨,终归化作云淡风轻。

原来大多数人的人生都一样不值一提,尽管当事人都煞有介事,无非喜怒哀乐,并不会有多少别样新意。

走过的路,无论当时多么投入,走过也就这么走过了,哪一段都不可能再来。

没来由地想起年少时写的一首小诗:

回首,来路荒芜成草野

而月光

是全然不同的朦胧

而沙漠正蔓延成绿原的坟冢

想起那时为赋新辞强说愁的心境,而今修炼多年,能坐看红尘滚滚、水穷云起了,我尽量淡定,尽量不动声色地傻乐。

已经是龙年的最后一天了,这一年的龙气并没有充斥我的乾坤,不过总体运势还算差强人意吧。前天事业有成的老友水清从广州回来,聊起这一年的种种际遇,我俩同岁,今年竟然遇上了同样的坎坷,产生了惊人相似的感悟,让我们有些失笑。原来,近似性格的人会遭遇近似的事件。

性格上有些绕不过的小缺陷,遇上些挫折也是理所当然。

前年,我在去云南的途中遇上一个邓姓女子,因她善于甜言蜜语,我狮子座的虚荣心大爆发,一心想做帮助她的圣人,想让她过得好、过得快乐,拯救她于不被爱的水火之间,以为自己的付出会成为对方的一方晴空。彼时我正在修《道德经》的课程,齐善鸿老师宣讲的义理很深入我心。于是我觉得内心充满了爱与宽容,以为自己的全心付出会令对方感激涕零。

其实,人家早就看透了我这个城府浅薄的傻女子,精心地设了一个局,我只需要携款入瓮即可。后来,当然被狠狠地骗了一把,大笔钱财打了水漂。她为防我有报复之心,还安排接二连三的卑鄙伎俩,以我父母和孩子相威胁。当时,我真觉得人生都因为这段经历变得灰暗了,前半生所固守的人生观和价值观也因此几乎被颠覆,痛定思痛,痛无可诉。后来想想,我在阳光之下幸福地生活，她在阴暗旮旯里酝酿着阴谋，不值得我以幸福生活为代价与其较量吧！

之前周围所有人都质疑此女的品质，我自以为能深刻地理解人性，于是一直给这个女人做种种辩护，宁愿相信她本心并不坏，只是此前遇人不淑导致心理暂时扭曲。等我被她毫不留情地以一桩生意设局，连协议和收条也没有，就被骗走了巨额钱财的时候，才意识到自己多么幼稚可笑。

给蛇一季的温暖，蛇依旧是蛇，还是会咬你。蛇再受你的爱心与恩惠，终究是一条没有人性的蛇，成不了友善多情的白素贞。

以真心怀抱给蛇暖和，然后被蛇咬了，不怪蛇，只怪你一厢情愿的善良行径。及至狠狠被骗，我几乎难以启齿，怎么说呢？之前挂在嘴上为其辩解的那个女人，以现实狠狠地泼我一头污浊黑水，让我无言以对。

人生苦短，我竟然浪费一年的好时光与这样的恶人推心置腹，这点最是可恨，我念及一次，便狠狠恶心自己一次。

听水清说起他的遭遇：他被信任的人剽窃了设计，抢注了专利。此人一边用他的资金偷偷另起炉灶，一边还领着他发的薪水。他说："感觉自己的人生观都被颠覆了！"

我哑然失笑，这句话不正是我当日千百次对自己说的话吗？原来，这个世界上，还有很多像我们这样仍在坚守承诺的

"傻子"。任人心诡谲，"傻子们"苦苦坚守自己的处世准则，不欺诈，守信用。也还好，"傻子们"能吃得香，睡得安稳。

如果上天再给我一次机会，我还是会选择做个"傻子"，但是，要做一个懂得对骗子设防的"傻子"。

岁末，纷乱感怀，也不知道自己在嘟嘟囔囔唠叨些什么。总之，这次说过，就打算把这一段纠缠了我许久的尴尬往事真的放下、翻过去，再不回头了。

还是庆幸自己，选择坚持做一个厚道的好人，我阿Q似的自我安慰说，人在做，天在看。我再阿Q一次。

也庆幸自己，在这一年里，遇到了难得的好朋友，就在那么一个特定的时刻，恰好就遇到了。后来朋友全心全意、不计得失的帮助让我体会到，阳光下的美好人性是多么温暖，让"小鬼们"继续在阴暗旮旯里欢庆它们的恶果吧！

也祝贺自己，这一年里建了初具雏形的一幢小房子，虽然眼前还没看到收益，但是这童话一样漂亮的小建筑，让我打心底里欢喜。

再祝贺自己，出版了第一本长篇小说《各自天涯》。我突然回忆起很久很久以前，我曾有过一个小小的文艺青年的梦想，而今坚持了大半年，码了四十二点七万字，人到中年，竟也梦想成真。

再表扬自己一下，我似乎学会淡定许多，学会不太为那些过往的阴暗遭遇介怀。尽管阳光的世界里会有些许阴影,但我坚信,鬼魅永远在阳光下无法遁形。

　　再有就是常规的感谢程序了,谢谢父母,你们的健康就是我的幸福;谢谢知心好朋友,侠肝义胆扶持我渡过难关;谢谢孩子,给我操心关怀的机会,让我收获更多的喜悦;也谢谢自己,一路走来不容易。

　　希望在这冷漠的世界仍坚持着自己良心的好人们,都能顺风顺水、万事如意!希望无耻宵小鼠辈痛受惩戒,阴谋诡计全部破产。

　　祝朋友们一生平安!所得即所愿,所梦皆成真。

　　　　　　　　　　　　　　　　　　2012 年 12 月 28 日

向往江湖

最近我在一个小城里开了个店，这样一件简单的小事经历了一个极为复杂的过程。在经历了重重人为设置的障碍之后，我的挫败感与日俱增。

感觉自己不适合待在这个地方，也许，我根本不适合做一个商人，一个地摊小贩级别的小商人。我想，真正成功的大商人，他们就不需要把摧眉折腰视为习惯了吧。而我，在创业之初，就傻乎乎地梗着脖子，不愿低头，不齿媚笑，不善左右逢源，处处碰壁。当然了，在这么一个小小的道场里，没有无往不利的法门，没有长袖善舞的演技，只能气得呼哧呼哧喘几口粗气，在心里胡乱呐喊几声完事儿。

我常常纳闷，为什么那么多人不愿与人为善？以前看过一句话，做个好人，就是节约别人的生命成本。而我，一个简单直接的小目标，实现起来走的却是一干人等为我设置的九曲弯路，真是道阻且长啊！

无奈啊!

想起徐克编剧的经典电影《笑傲江湖Ⅱ：东方不败》，换了女装隐姓埋名在军营里做歌妓的东方不败对一个倒霉的苦命歌妓说："我应该多谢你，是你使我明白了做一个平凡人的痛苦。"道完了谢，甩着长袖纵身一飞，不再做传说，做回了飞花摘叶皆可取人性命的武林高手。

羡慕啊!

我也向往江湖，江湖里崇尚的正义和公理主要靠武道和侠道来解决，简单、直接，无须枉费唇舌。

江湖里谁违背了江湖道义，武林中各大门派人人得而诛之，对那些洋洋自得于"我不合理，但我合法"的恶老恶少，一掌掴去，再不需要仰其鼻息。对那些尸位素餐、以刁难他人为己任的反派小喽啰，老拳挥去，看他们还敢指手画脚!

向往江湖，有秘籍、有悟性、有坚持，我就能有绝世武功。我有武功、有侠肝义胆、有宝剑，我就可以在江湖上所向披靡。可是我不在江湖，所以当宵小拦路时，我必须小心陪着不是，而不能用我的剑气掌风把他们打得无影无踪。

向往江湖，侠之大者，雄风闻名天下，美人如玉，剑气如虹。英雄救美的故事美在刀光剑影后的侠骨柔肠，而不用托甲乙丙丁说情送礼、吃饭喝酒，然后在酒气熏天时诡笑着说："请义士放美人一条生路吧!"现代小城版的义薄云天、英雄救美沦落至此，不免让人倒了胃口，没了脾气。

真心向往江湖，江湖中人凭降龙十八掌、六脉神剑就可称霸武林，低调的有丐帮的打狗棒法，再不济也还有部《九阴真经》可练。有意见的、有理想的，武林大会上见真章。不用像那些猥琐的钻营者，人前装狗，狗前装人，为了五斗米受了胯下之辱，还甘之如饴。

向往江湖。向往江湖的正大光明、快意恩仇、磊落与侠气。至刚，刚直不阿，至柔，柔可绕指，刚柔都个性鲜明。而我们身边的一些人，面对利益早已质变成一只无骨的蠕虫了。我不认识他们，他们自己也早忘记自己是谁了。

向往江湖，江湖却在何处？我终于理解李白"欲渡黄河冰塞川，将登太行雪满山"的无奈。向往江湖，可江湖多歧路啊！行路难！

所幸，我还认识自己。

让我一如既往坚持简单的真理，牢记简单的逻辑，固守简单的正义，做简单的自己。

2007年9月18日

第五辑　小小思绪

159

小商贾之累

在全国药品交易会上,我跟全国的销售商一起寻找代理商品,看厂家像兜售狗皮膏药样,扯着破喉咙吆喝自己的产品,主会场、分会场逛得脚都起了泡,拎产品资料的手掌被绳子勒出了深深的红痕。一天下来,怎一个累字了得!

晚上我在呼和浩特一饭馆里吃涮羊肉,和好友聊天,说起人生。一分收获,两分疲倦,三分酒意,十分感慨,我对面的两个男人说着说着,竟也红了眼眶。

都是人到中年,劳碌半生,都是奔波应酬,每日疲于奔命,回头望望,一把辛酸泪。

在很多人眼里,我对面的两个人都算是铮铮铁汉,外形硬朗,个性鲜明,也算事业有成,应该活得挺风光吧。

我呢?应该和他们属于一类人,人缘不错,外形也算是不错,赚了一点小钱,衣食无忧,也算是活得春风得意吧?

那为什么常常会不开心呢?我们是好友,算是性情中人,以同一种活法活着，只是常常觉得累。因为，我们不是大商人，只是小贩级别的商贾，当然累了！

好像我们每天必须笑得阳光灿烂，不然就会被说成"无病呻吟"。可是，他们说累，我相信！也许我们选择的，就是累，累是我们自主选择的活法。

让我想想，我们小生意人的人生中，有几大累？

其一，工作之累。

大商人凭实力行走在上层，所有决策由团队执行。小贩们呢，抗风险能力差，还得事必躬亲，累不累？哪怕开个小店，也可能有那么多"小鬼"的鼻息需要你时时仰头承受。"阎王好过，小鬼难缠"，有时候你万事俱备，只欠东风，却可能由于一个最小环节的疏漏就功亏一篑。为什么？小商人没路子，搞不定！

那些"小鬼"像一根根刺进脚底的小木刺，不致命，却让你痛楚难当，可能因此失去跋山涉水的勇气。

其二，感情之累。

小生意人看起来日日觥筹交错，夜夜把盏言欢，唯恐错过了一点商机，因此却常常冷落或忽视了自己的另一半，世人都知道鱼与熊掌不可兼得，可世人都怪商人重利轻别离，难啊！

当然可以把婚姻和爱情当作生意一样来经营，天道酬勤，付出总有回报，可是，真正实施起来，怎一个"难"字了得！六成的时间忙于手头工作，二成用来展望和寻求突破，一成应付

第五辑 小小思绪

161

突发事件，一成经营感情讨好另一半，而属于自己的时间，往往就剩零。没有能力统筹规划的，往往忙得一团糟，四处不讨好，累啊！经营得好的，看似左右逢源，一样是累！

其三，亲情之累。

首先是孩子的成长，小生意人常常为两文小铜钿放开孩子的小手。当孩子长大以后，才知道自己错过了多少温馨岁月。听教育家说过"握住孩子的小手，时光永远不会是浪费"，而小生意人呢，想凭自己的努力改变现状，又想同时见证孩子的成长，真是难两全！

比如我，一个小贩子，孩子从一年级开始住校，于是，这些年来，每一个周末，我驱车往返几百里，只为了陪孩子写写作业，做几个孩子喜欢吃的菜，哄他开心。有时时间晚了，或是阴天下雨的时候，一个人飞驰在黑漆漆的高速上，觉得自己真的很辛苦。那么多女人此时正在灯火通明的屋子里看电视、吃零食、搓麻将，为什么自己就要这么辛苦？想着想着，常常悲从中来。

再想想，上有老，下有小，还有兄弟姐妹、姑嫂妯娌、堂亲表亲、伯叔姨舅，反正，哪一个都不能怠慢了。不然，父母也会脸上无光，怎么教出这么个有点小钱就变白眼狼的坏蛋！

总之，做一个小生意人，就该这么累！大生意人离生活似乎很远，而你恰好在大家够得着的位置。于是你常常要无端承载别人太多的期望。有甜蜜分享的时候，别人以为你不需要，因为你是个超人，有能力自求多福。你靠自己已经可以得到那么多了，与你分享纯属多余。

可实际上，很多时候，员工休息了，你还在通宵达旦。没有应酬时，啃的是泡面。忙了累了，一两顿饭不吃是常事。

而当他们有困难的时候，会第一时间想到你，因为你有能力帮助他们，所以你当然应该竭尽全力。不然，所有人都会骂你是小人，是势利眼，狼心狗肺！没有人会考虑到，你也许昨天刚加班整夜，没有一点力气；或是你刚签了新合同，资金紧张正在张罗贷款，根本没有余力来帮助他。可是，还是要帮啊，谁愿意被人骂为富不仁呢？

当你遇到了困难，他们可能不会提出帮你，因为他们觉得杯水车薪没什么意义。你甚至没有勇气去催别人偿还那些借出去的、原本属于你的东西。因为他们会说："你有钱哪！怎么还在乎这些，你这人真的太没意思了！"你甚至不敢为你遇到的困难发牢骚，以防别人误会你是在变相催债。他们会骂你说："有话直说呗，还装模作样、拐弯抹角呢！"然后气愤地离去，而你甚至连主张债权的行为也是不可以的。

有一天听杨宗华老师的课，讲到责任胜于能力，我顿感醍醐灌顶。有时候，责任其实是甜蜜的，被人需要也是幸福的，至少说明你是个有价值的人。大家过高的期许也教会我，让我们不要轻易去责备他人,因为这世界上没有一个人是专门为你的需求设计的。对方如果违背了你的要求,也许他有自己的难处?罢了罢了,己所累,勿累于人吧!

小生意人,想少累一点吗?那么,好好地成长,当你变得强大,你现在所承担的重,就变得轻而易举、不值一提,对吗?

心之所向,素履以往,加油!

2007年11月18日

第六辑

小小往昔

　　每一张老照片，都承载着一段岁月，一个时刻，让我们记住某些人、某些事件、某种心情、某个瞬间。

　　照片也许能使某一个时刻定格，而一去不返的岁月却离我们越来越远。

　　不会稍做停留，永远无法回头。

　　就像我们的青春小鸟，一去不还。

扫描老照片

　　好朋友的扫描仪比我的精度高一些,她怂恿我把珍贵的老照片扫描存档。以前没有数码相机,老式胶卷冲洗出来的照片或褪色,或已粘连在纸质影集上,还有些已经随着数次搬迁不知所终。那可都是我曾经无比珍视的时光刻录啊!

　　于是在一个下午,我翻检旧照片,一不小心,一跤跌坐在回忆里,百感交集。

　　往事如烟,而那些曾经多么美丽的时光,都像多年前在我窗台唱过歌的小青鸟,像我的青葱岁月,一去不返。

　　一去不返……

　　和外婆在老家的红砖屋外的合影,外婆的银色短发别在耳后显得光润齐整,外婆的笑容在午后阳光下显得和蔼慈祥,外婆的白衬衫仿佛还散发着柠檬洗衣粉的清香,我穿着漂亮的蓝花裙子安安静静地坐在藤椅的扶手上,戴着傻傻的大黑框圆眼镜,年轻的面容清爽秀丽。那一天午后平静的快乐仿如昨天刚刚发生，所有细节是那样鲜活。而陪伴我童年和少年时光的、宠爱着我的外婆已长眠了十几年，我与她相伴的好时光都如同这张老照片上的春日午后，已随风永逝，只待成追忆。

和前夫蜜月前的旅行，在曲阜的街头巷尾，在泰山之巅，我编着两条麻花辫，蓝格子的纯棉吊带裙，单纯秀气，青春明媚，他也英俊明朗，照片上的眼神柔情似水，相拥着仿佛守着一份笃实长久的爱情。那一天入住一个小旅馆，登记时老板两口子以为他是大哥哥，送我这个小妹妹来山东念大学，我们还较真地拿出新领的大红结婚证书，得意地接受了这对中年夫妇的惊讶与祝福。回顾这些记忆的碎片，剧中人早已背道而驰，爱也早成了往事。当日的两情缱绻，只余云淡风轻，往日的如梦佳期，而今鹊桥再无归路……

儿子十个月时，正是我一生中最贫困的时光，但因为有了这个小东西，我充满了幸福感。出生前我想要女儿，朋友送了一套有蕾丝花边的奶黄吊带衫裤，上面绣着小花朵。后来一直没有机会穿。拍照那天，趁他午睡不乱动时，我悄悄和阿姨把他又稀又短的小黄毛用红毛线扎了个朝天小辫，立即抱到照相馆去拍下了这张照片。相片里分明是一个肉乎乎的小萌妹子，小吊带吊在圆滚滚的小肩膀上，看着就让人想啃一口。然后，他不耐烦地哇哇大哭，那张奋力张大的小嘴巴挂出一缕晶莹的口水，身前一只大西瓜遮羞。我觉得这张照片完全可以做成搞笑表情包。再一张是儿子两岁生日时，我陪他在故乡的城南小公园里玩耍，他摘了一团荷叶，一会儿当武器耍，一会儿盖在头上当帽子，一会儿撑起当雨伞，津津有味，乐此不疲。照片里两岁的小人机灵又腼腆，小脸圆嘟嘟的，粉粉的笑颜在绿团团的荷叶下，可爱得让我心都疼起来了。而今照片上的小宝宝已是一个有思想、有个性的少年了，会在我烦闷的时候给我很多颇有见地的建议和安慰了。而他的幼年和童年时光，也备份在老照片里，留存在他的记忆长河里。

一张一张，一张又一张……每一张笑脸，每一个姿势，都是当日快乐心情的瞬间再现，是的，那时候没有数码相机，更没有手机可以随时拍照，相机和胶卷已经算是比较高端的消费品了。人们只有在幸福的聚会上、纪念日或春和景明的好日子，才会用相机拍照。一卷胶卷正常能拍三十六张照片，拍的效果全凭运气，只有等冲洗出来才能知道拍的效果好坏。譬如这一张，请路人甲帮忙拍"到此一游"，结果我的倩影在黄河滩上只有一粒芝麻那么大……

若是一不小心胶卷曝了光，那就浪费了一天的表情、心情、造型和时间。可是，正因为过程繁复奢侈，所以才显得照片弥足珍贵。

我翻阅着旧相片，杂七杂八地回忆着过往的情节。而所有的好时光都在老照片里粘贴着，却再也无法复制。

老照片是我们用相机的快门对岁月按下的复制键，可是，在岁月的长河里，有谁能用魔力对着时光的键盘按下粘贴键，让昔日重来，哪怕一次？

每一张老照片，都承载着一段岁月，一个时刻，让我们记住某些人、某些事件、某种心情、某个瞬间。

照片也许能使某一个时刻定格，而一去不返的岁月却离我们越来越远。

不会稍做停留，永远无法回头。

就像我们的青春小鸟，一去不还。

2008 年 3 月 12 日

给外公外婆搬家

6月15日，是个好日子，我们给外公外婆搬了新家。

去年刚刚迁好修缮完毕的新坟，小鸟撒下的草籽还没来得及蓬勃生长，整个公墓又集体搬迁，成百上千只骨灰盒，被镇政府集体安置在城西一个颓败拥挤的破房子临时改成的灵堂里。

得让亲爱的外公外婆入土为安吧，我想给他们找一块好地方安家。

刚有了这个念头，我便总是做奇怪的梦。上周，我梦见亲戚家生了个小女婴，生下来就会笑，那笑容笼罩着一层圣洁神秘的光晕。她一直看着我的眼睛笑，眼神奇怪而熟悉，似有无穷深意。我一直看着那女婴的笑容，不知不觉竟隐约看到了外婆的脸庞和表情。前两天，我又梦见我和外婆在一个很嘈杂拥挤的大屋子里玩耍，外婆看了一会儿热闹，说是嫌吵让我带她回家，走了一会儿她又说累，像个孩子般撒娇。梦里我像抱着孩子一样抱起她往回走，她那么清瘦娇小，抱在手上轻飘飘的。

梦中正落着雨,外婆帮我打着伞,我抱着她从斜坡上走下来,走到一个门朝西的大院子里。大院里横竖有很多排房子,我抱着外婆走进了那个院子。

1999年的一天深夜,我梦见外婆从东边屋里的床上走出来,脚没有沾地,深深地看我一眼,似有千言万语,然后飘到门外往东去了,刚从梦境里惊醒,电话就响起,说病了一年的外婆,刚刚离世了……

前年有一天,我打瞌睡梦见新买的车胎破了,车子正好被老朱开去徐州办事,我马上神经兮兮打电话问,说是车况良好。我说起梦中情形,让他多加小心,他敷衍说好,笑我神经质。十分钟后电话响起,老朱惊讶地说车胎破了。车子碾上了一只碎了的玻璃瓶底,内外胎全报废。

去年刚给外婆修了新坟,就梦见新坟全部沉进水里,我在梦里气恼地和公墓看守理论。早晨上班路上我突发奇想,临时调转车头去公墓看看,天哪!整个墓地一片汪洋,围墙外稻田放水,河道因故堵塞,稻田里所有的水灌进了公墓,外公、外婆的坟全泡进水里,而我是第一个看见的人。

梦见那女婴后,我就立即赶回老家看外婆。临时灵堂的位置与环境和梦中外婆玩耍的屋子竟有些相似。于是,我驱车去看另一处墓园,竟然也是从西边斜坡上下来,走进一个门朝西的大院子,仿若梦境。那天过去交定金,下了很大的雨,想起梦中的雨，暗暗心惊，觉得危机四伏。

约好今天早上，我跟哥哥、小舅一起于凌晨去给外公外婆搬新家。哥哥凌晨4点突然做了个梦，急急打电话告诉我，在去接外公外婆的路上，路过一个桥头，忽然遇见外婆的弟弟，就是看着我们长大的舅公。舅公拉着他，一定要让哥哥给磕个头。边上还站着一个老人，白花花一把仙气的胡子，不认识，又好像很亲近、很熟悉，他拉着哥哥的手说："小海啊，你好长时间也不来看我。"

我问是不是舅公也安放在那灵堂里，小舅说是的，健硕能干的舅公是五十出头因突发脑出血离世的。当日下午，哥哥午睡醒来时说，梦见了舅公的老宅突然都是尘灰蛛网，破败不堪，灶台也倒塌了……晚上，刚喝完酒的舅公就突然离世了。

那白胡子老人又是谁啊？哥哥描述了样貌，小舅说："那是老太爷啊，是外婆的父亲，一个以侠义出名的生意人，留着一部纯白美髯，我们从没见过，所以从未想过。原来他也在那个灵堂里。"

那个早上，我们到了灵堂，恭恭敬敬地对着舅公和太爷的灵位磕了头。

我抱着外婆的骨灰，哥哥抱着外公的，用红绸布包好走出了灵堂，置于车后座。一路感觉恍兮惚兮，我们在前排说着话，我隐约感觉外公外婆正活生生地坐在后排，饶有兴趣地在听我们说话，几次转头求证，才知是错觉。小时候的回忆一路上真切地浮现着，再一次这么亲近地和她在一起，却是以这样截然不同的形式，近在咫尺，却幽冥万里。

我天生胆小，此刻却安之若素，抱着外婆安睡的盒子，如同抱着清瘦慈爱的她。这冰冷的盒子承载着外婆的概念与留下的记号，成了我们找寻她的唯一依据。我抱着她，走入公墓里今晨新挖的墓穴，那种平静与想念，心酸而又快乐。

外婆，希望您和外公喜欢这个新搬的家，我们请工人给大理石凿了孔，说是可以接地气，又用不同颜色的花朵装饰，因您生前就喜欢花花草草。

只能这样，表达我们的怀念。

2009 年 6 月 15 日

妈妈的令箭荷开花了

妈妈特别爱莳弄花花草草，都说养花能修身、养性、怡神，然而妈妈暴躁的脾气并没有因此稍有改观。

小时候我家住厂区大院平房，屋后好大一片废墟被妈妈围起竹栅，打理成了自家的小花园。妈妈打小在乡下长大，又是家里的老大，动手能力极强。那块污水横流的淤泥地经她一改造，旧貌换了新颜，一年四季五彩缤纷、花香四溢，每个节令的花草都适时绽放。我经常拿着剪刀剪了花插进花瓶，为简陋家居添几许浪漫。不过那时家里没正经花瓶，大多是些陶瓷或玻璃的废酒瓶。

妈妈要打理小花园，增加了家务之外的工作量。哥哥们常要做帮工，也常因袖手旁观受到严厉责骂，他们时常发牢骚。最令他们纠结的是给花儿施肥，要去大院里的公厕里担大粪，哥哥们捏着鼻子，嘴眼歪斜地侧着身，远远用长柄粪勺往桶里舀有机肥料，然后一路抱怨着将肥料抬进花园。

二哥说："这算不算是'粪土当年万户侯'？"

大哥说："不算，是'粪土一抬满身臭'。"

有一次妈妈在小花园里莳弄花草，准备进行大范围灌溉，两个哥哥又被强行唤在一旁待命，他俩像是两个护法似的分倚在竹篱两边，满脸痛不欲生状。他们睥睨着给他们带来痛苦的花儿，翻着白眼有气无力地开始了搞笑版的诗歌接龙。直到现在我都佩服两个哥哥的才华，只是俗世没有给这他俩展露才华的舞台，惜乎埋没了。彼时他俩原创了很多搞笑的段子，八岁的我作为看客，在旁笑得不能自已。依稀还记得其中的两个小段子，好像是二哥开的头。

段子一：《妈妈的花园》。远看一排盆，近看一排盆，春天来到了，还是一排盆！

段子二：《悼花词》。小花才露尖尖角，一年已经到头了，待到明春花不发，一看原来花死了！

当浇花这个神圣使命被他们演绎得如此无厘头的时候，妈妈一声断喝，他俩立马飞速逃开。

现在看来，第一首纯属打油，第二首，颇有点《好了歌》的风格，曹雪芹泉下有知，或该庆幸中华诗坛后继有人。

我小学四年级，因父亲工作调动，搬家到另一个大院里，屋后妈妈依然用竹篱圈出一个小花园。月季和玫瑰大片开放的时候尤其醉人，繁花漫幽径，青叶拂单衣。黄玫瑰的生命力超强,大片蔓延到我的小窗台下面,每天清晨,我都会采大束的黄玫瑰,插在深色玻璃杯里,我的小卧室立时就清芬满屋。我记得那时妈妈种了一种不知名的蓝色玫瑰,花瓣的颜色像幽蓝的月光,我就叫它"蓝月亮",后来全家都叫它"蓝月亮"。后来很多不知名的品种都由我取名,"月光女神""紫水晶""白仙女",我叫这些花什么,大家就跟着叫什么,不过这命名权仅限在我家的小花园里。

后来那片地被铺成了水泥路,妈妈的小花园没了,不过妈妈还是坚持不懈地在所有角落里见缝插针地莳草弄花。那些废弃的瓦罐、瓷缸、破盆、坏锅,都成了妈妈的养花容器。每年喜爱的花儿开了,妈妈常自己赋诗赞之,并"属予作文以记之"。还总打电话,让我回家用相机给花儿们拍照,以记录这弥足珍贵的短暂美丽。可惜如今数码相机盛行,照片都存在电脑里,至今我也没有把妈妈的花儿的照片给冲洗出一张,让她好好骄傲一下。

有一次,妈妈的令箭荷花开了,又让我拍,我用新学会的P图软件各种加工,让花的照片呈现出美丽梦幻的效果,煞是好看。虽然我仍旧没去洗出来,但是上传到了QQ空间相册,爸妈学会了上网后,会打开我的QQ空间相册看看,一起开心一下。

2009年6月3日

清明快到了

　　昨天陪父亲母亲去老家祭祖，这个老家不是我的出生地洪泽，而是父亲的老家东海。在那个充满战乱、灾荒、饥馑的年代，父亲是在一个清晨被他的养父母从土地庙门口捡回的一个小小弃婴。父亲的襁褓上缝着生辰八字，像电影里演的那样。

　　于是那个山上的村子就成了父亲的老家，那对好心的夫妇就成了我的爷爷奶奶。我出生的时候他们已经过世了，我是个与他们素未谋面的孙女。

　　爷爷奶奶迁了新坟，小鸟还没有来得及撒下草籽。坟前竖着父亲刻的石碑。父亲带了点心、白酒、元宝和纸钱，在坟前默默无言，父亲是在想念他的父母了吧。在我们眼里，八十岁的父亲已是年迈的老人，我们耳闻过他青年从军，立下赫赫战功，又看着他从壮年时的英武剽悍到而今的慈祥睿智。我们无法想象、难以接近的，是父亲的童年与少年时代。那时，父亲被捡到他的养父母保护着、怜爱着，以那个贫穷年代所能付出的所有物质与精神全心全意地呵护着。

父亲在坟前深深地叩首，我们亦然。父亲所叩的，是他的亲人，是这个世界上曾经最疼爱他的人，是他童年和少年时代所有甜蜜的温暖回忆。而我们所叩的，只是承载着爷爷奶奶概念的两座土坟而已。

爷爷奶奶离世早，我们兄妹是洪泽的外公外婆带大的。我是这一辈唯一的女孩，也是外婆手心的宝。外婆那时带着五个孙辈，只有我每夜必须睡在她的怀里。

外婆出生于一个以侠义出名的中产家庭，她也秉承了聪慧果敢的家庭特质。

外婆年轻时绝对是一个标准的古典美女，眉目如画，清丽秀美，最难得的是冰雪聪明。家中请了先生教男孩们念书，先生教的诗文，在毛头小子们懵懂间，坐门口绣花的外婆就已倒背如流。

后来，外婆嫁给了赤贫的外公，外婆这个小家碧玉变成了一个贫下中农。

在那么一个食不果腹的年代，聪慧的外婆却咬牙坚持着，供我妈妈在内的所有子女念完了高中。孩子长大了，外婆又给她的孩子照顾那么多孩子。我们刚开始上学，外公就撒手西去。亲爱的外婆，凡事都要您操心，而每个孩子都是您的宝贝，您又怎么能不操心呢？

那时我每夜享受您陪伴入睡的特权,在寒冷冬日,我的小脚总是捂在您的胸口。夏天,您一只胳膊搂着我,一只手轻轻地给我挠痒痒,指甲一刮一刮,那种通体舒泰的感觉,这几十年来,再高端的养生机构、再好的理疗师都没有再让我体会过。每夜,您一直挠到我入睡。有时候,我被毛毛虫蜇了,您就用一根棉线打一个神奇的结,在我手上一绞一绞,一会儿就不疼了。您总是把所有好吃的都藏好,在我临睡前给我一个人吃,我吃啊吃啊,恒牙都被虫蛀了。我四岁时,家里有一个庆典,做了最好吃的藕饼,由于一盘只有十只,还得留着酬宾,而家里有五个孩子,严重供不应求,您悄悄地留了两只给我一个人吃,为了不让孙子们看到眼馋,您一个劲儿地让我快吃快吃,然后我吃着吃着就噎到了。我被噎得直翻白眼,做赤脚医生的二姨将我头朝下、脚朝上倒着提将起来,那涕泗横流的悲惨状,我至今难以忘怀。亲爱的外婆,您得有多疼我,才把珍贵的佳肴以最快速度地往我嘴里塞? 可惜我真不是个合格的"吃货",辜负了您的美意和美食,惭愧啊!

您泉下有知,还记得那时,我会经常躲起来,躲到屋后的竹林里,让您找不到我,听您着急地喊我的小名,我躲在角落坏坏地偷笑。

后来我到城里去念小学了,您和外公在家包了包子,自己舍不得吃,用棉垫捂在篮子里,外公就骑着一个破自行车,骑二十里土路送来给我们吃，外公到我们家的时候，头上的汗总是热腾腾地泛起白雾，我记得，棉垫下的包子也泛着微热。

您把我宠坏了，外婆。您记得吗？小学的时候，您有一次得了腱鞘炎，爸爸上班前让放暑假的我给您洗个澡，可是我只顾着和大院里的小伙伴玩。您等了两个小时，唬我说"你不听话，我告诉你爸爸"，我还和您顶嘴"告诉吧，告诉吧，我才不怕"，后来您伤心地落下泪来。我被您的眼泪吓坏了，才赶紧帮您洗澡。那一次您像个孩子似的流了好久的泪。您是在伤心吧，伤心您最疼的宝贝却不疼您。对不起啊！那时的我太小了，还不知道怎么去心疼人呢。

我上初中的时候，上海的同学送了我两张不干胶贴纸，那是我们小城根本没有卖的漂亮稀罕物。外婆去南京舅舅那儿看医生，问我要带什么礼物，我就随口说要这种贴纸。结果外婆为了外孙女这个小小的要求，一个人偷偷从舅舅家跑出来。南京的街道陌生杂乱，一个乡下的老太太四处寻觅一种从来没有见过的贴纸，像大海捞针那么难吧？您颠疼了您的小脚了吗？最后，您终于在一个学校门口的小地摊上找到了贴纸。您买了好几张您认为最好看的孙悟空贴纸，回来乐滋滋地捧给我。外婆，您那时得意扬扬的表情，就像一个好好表现了一回等着老师表扬的小学生，可那时的我是个不懂事的小姑娘，我只喜欢花仙子、米老鼠这些洋玩意儿，竟然不喜欢您千辛万苦才买到的贴纸，后来随手就把贴纸送给表弟了。

我成年后想及此，心就会痛，就像现在，打字及此，心口又一揪一揪地疼痛起来。

外婆啊，您真的老了的时候，我们买给您好吃的东西，您总是藏起来，等外孙们带着孩子来看您的时候，您才把所有的好东西都翻出来，给小孩子们吃。

您弥留的那些日子，周末我们去看您，您疲倦地半躺着，别人都在逗孩子们说笑，您太累了，就慈爱地说："到前边二姨家去玩吧。"所有人一下子全走了。我回头看您，您那么瘦弱无助，我回去静静地陪您坐着，把您的手放在我脸上摩挲，我们祖孙俩，静静地坐了很久。后来，听小舅妈说，您曾流着泪说："燕子是真的舍不得我呢，真的舍不得我呢。"

所以您在离去的那天晚上，只悄悄地来和我一个人告了别，在我梦中。

那夜，我梦见您从东屋飘出来，我们都在静静地吃饭，您深情地看着我的眼睛，似有千言万语，然后您就从大门口往东去了，全家只有我一个人面朝外坐着，目送您远去。梦中的我马上跑到您屋里，里面却已空了。我狂奔追出去，您飘飘悠悠到了东边的大河边，突然幻化成一个红衣的仙子，飞入大河之中，引领着千万条蛇浮游而去。这个梦令我倏忽惊醒，那夜再无睡意。天未亮，小舅打电话来，说就在刚才，您走了。

那时我好像就知道，您不是长眠了，您是一个仙界的精灵，又回到仙界去了。您悄悄来和我告过别，别人都不知道。这个梦如此清晰，您的音容笑貌，至今清晰如昨。

想念的心，让我明白，爱一个人，回报一个人，就要趁现在。子欲养而亲不待，是无法言说的痛。

想念的心，一如您给我的爱，无须想起，不会忘记。

想念的心，在2008年清明前的一个深夜，无端浮起，氤氲不散⋯⋯

二姨说，您坟前的水塘，开着一种神秘的紫色小花，横竖成行，就像您生前种的那些花草，错落有致，清新齐整。

2008年4月3日

欠一次告别

那是个寻常阴天，午后，我和病榻上躺着的父亲告别，然后去上班。

以为今天一如往常，每天下班回来陪伴他，然后一大家人再一起吃饭，陪他说会儿话，再哄着喂他吃药。

及至下午，我接到哥哥电话，狂奔回家，快要油尽灯枯的父亲已人事不省，呼吸已若游丝。

舅舅说："哥，你是胰腺癌，你很勇敢，尽力了！"

我流泪："爸爸，我会照顾妈妈，您放心走吧！"

父亲拉着母亲的手，勉力看了最后一眼，溘然长逝。

守灵那晚，父亲静静躺在冰冷的玻璃棺椁之中，而母亲无声无息独自待在楼上。我不放心悄悄推开书房的门，母亲正伏案默默写着什么，竟是写给父亲的一封情书。初见时的一见钟情、苦难中的不离不弃、携手时的相濡以沫，点点滴滴都是属于他俩的回忆。母亲在信中责怪孩子们隐瞒了病情。"早知道，我会加倍用心陪你，每天做最好的给你吃。"她写道。

头七那天，我们烧的是纸钱，母亲却烧了一沓厚厚的信笺，上面密密写满了生死殊途未及细说的情话。

一年以后，某个无聊周末，我上网看韩剧《来自星星的你》，主角俊美如花，剧情不知所云。女主角千颂伊的前世是个穿着阔大韩服的小姑娘，她深躬长鞠哭泣着对男主角说："大人，我必须好好地跟您道个别，因为，奶奶说，等分离真正来临的时候，也许就来不及认真告别了。"

我居然被这句告白一瞬间击中，心头酸楚，泪流满脸。

每次分离之前，总以为还没有到最后分离的时刻。有些人和事，好像一直都在，实际上却一夕错过就不在了。无论你多么多么想念，此生再不能相见。

父亲走时八十四岁，患胰腺癌撑了三年，而医生当时断言他撑不过三个月。我们一直哄骗他说是小毛病，也瞒过了母亲，用各种补品和偏方悄悄给他治疗。没想到父亲居然撑了三年。父亲早年戎马倥偬，九死一生。身体好些的时候，他依然逞能，会下厨房做美味面点，蒸他拿手的八宝饭。一看到我走进小院，他就说，乖乖回来啦，爸爸给你烙鸡蛋饼吃。

2012年国庆节适逢中秋，那是父亲生命中最后一个国庆节，我和哥哥开车把孩子们送去上海长海医院陪他过节，他在电话里一再念叨："让孩子们专心念书，别来了吧，太远了，太麻烦了!"但看见我们出现在病房那一刻,他却像个顽童般哈哈大笑,说:"今天感觉特别舒服,和没生病之前一样一样的。"

午饭我们在五角场的一个小饭馆点了几个菜,父亲临窗看街道上来往的人群,兴致盎然,还即兴创作五言诗一首。

昔日曾战处,

今日重相顾。

举目路皆移,

低头自关注。

然后,笑了笑叹口气,说:"世界都变了,我也老了,要低头看好脚下的路,别摔着了。"

上海,是他几十年之前征战和工作过的地方,那时,他是英姿飒爽、战功赫赫的年轻军官。

战争胜利,父亲浴血奋战,荣立军功,是受陈毅嘉奖的战士之一,市政府特批他们可以坐车游上海。父亲和战友们看到资本家提供的小轿车,对之嗤之以鼻,最终选了一个辆大卡车,他们站在后拖斗上,神气活现地游览了上海城。父亲常开心地忆起这段往事。

上海这个大都市承载过父亲的青春。后来,作为新中国成立后第一批青年干部,他走进高校深造,而后奔赴家乡苏北。

1956年洪泽建县，父亲作为支援干部，扎根洪泽湖畔。

父亲正直耿介，他经历磨难，从未摧眉折腰，历经风雨，赤子之心不改。父亲这样经过生死历练的人，乐意做疾恶如仇的典型。离休后，单位给的方便他从未用过，他说："老头子现在没贡献了，别给组织添麻烦，讨人嫌。"

2013年5月6日，父亲在洪泽小城与世长辞。

那个国庆，父亲坚持带我们游上海，在人头攒动的外滩，他兴致勃勃带我们步行排队穿行过江隧道，登上"东方明珠"。我和哥哥们筋疲力尽，父亲却满脸喜悦，像个孩子一样毫无倦意，那一刻哪有一丝病态？病前的父亲，也总是如此不知疲倦，像个活力四射的老顽童。彼时我们路过俄罗斯使馆边上一座明黄色的建筑，他兴致盎然地对孩子们说："爷爷在这里工作了三年呢！那时候爷爷也年轻哪！"

我常常觉得父亲至少能活一百岁，他就像一个奇迹，八十多岁时，还红光满面，没有一颗老人斑，更无一丝老人气味。他的牙齿能啃核桃，冷热酸甜通通能吃。有一次我买了一包话梅，吃得牙都酸倒了，父亲却称赞好吃，说："给我吃吧，你再去买！"父亲的笑声中气十足、亮如洪钟，一个人看电视时也会哈哈大笑，连邻居听了都跟着乐。军旅生涯练就了父亲严谨规律的生活习惯，早睡早起，坚持运动，行动敏捷得像个小伙子。八十一岁那年，他骑自行车被撞得翻了跟头，他竟然迅速爬起来，挥挥手让肇事者走了，自己去医务室处理皮外伤。我们想起来后怕，极力反对他再骑车，他却只为摔跟头形象难看而懊恼不已。2011年我们以治疗白内障为由带他去军区总院全面复查，手术后，他的视力恢复到一点二，常笑说自己还能去当一次兵。我们每次缝扣子时哄他穿针，他便得意扬扬。

急性子的父亲始终保持着一颗童心，退休后更对新鲜事物充满了好奇。有一次，他得到半罐子剩油漆，就爱上了做漆工活。我中午放学时看到我的小木床被漆成了好看的橘红色，又看到父亲期待表扬的眼神，我就随口逗他说："啊呀，太鲜艳了！"等第二天中午放学，小床已魔术般地漆成了亮银色。家里一下子多了很多小漆桶，各种物件都被油漆一新。如果父亲在地摊上被兜售万能胶之类的玩意儿，他多半会把犄角旮旯的散碎旧物全部按他的理想模样重新粘连起来。父亲还喜欢摆弄相机和手机，八十岁那年学会了上网，每天对着电脑浏览新闻。

父亲年轻时是著名的暴脾气，母亲性子慢，他俩斗气是我们童年常见的一幕。两人约好了外出，父亲第一遍催，母亲答"马上马上"；第二遍催，母亲说"就好就好"；第三遍催，母亲还要回头拿点什么。通常是母亲出门时，父亲早就走远了。

母亲有一回让父亲给煤炉生个火，他勉为其难吹几口气，扇几下风，蜂窝煤未及时燃烧，结果被他一脚踢翻。家里杂乱，若有什么物件摆在不合适的地方，可能立马会被父亲扔到远远的地方去，而母亲回家后，就会开始不紧不慢地寻找。

我们兄妹几个在父亲心情不好时会被他打。但他心情一好，立即天下太平，然后他会像一个最慈祥的父亲一样，"小心肝""小宝贝"地唤你，抱着你说："给爸爸疼一下！"

就是那么个暴脾气的男人，一辈子和母亲恩恩爱爱，到他八十多岁散步的时候，两人还手拉着手。他们一起谈古诗文，看武侠小说，还经常相互唱和。父亲骑车平衡感很差，母亲退休后才学会了骑车，就买了辆自行车，常逗能载着他上街。有次回家逗乐，说十字路口岗亭的交警指他俩笑："快瞧这胖老太载个胖老头，把小车压成啥样了！"后来，母亲也常骑着电动三轮车载父亲去巷口买菜。邻居问去哪，她就一脸幸福说："把老头子拖出去卖啦！"隔天，邻居就会笑着问："怎么今天又没卖掉啊？"父亲就坐在车后笑哈哈地说："货砸手里啦！"

老了，母亲脾气见长，父亲的脾气却奇迹般地消失了。一次，我陪他去东海老家祭祖，他换了几套衣服均遭母亲否决，被训斥着又去换。我让母亲稍温柔些，父亲呵呵笑："别！你们觉得是在打击我，我听这骂声，像音乐一样好听。"

一日，他用了个破缸子试地摊上新买的一管胶，母亲嫌碍眼扔了，父亲遍寻不着，便生气地问："什么人干的？"母亲立即嚣张地说："什么人？我干的，怎么了？"父亲"噢"了一声，立马偃旗息鼓。母亲不依不饶："什么人？除了我还有谁？两个人开会，口口声声'某些人''某些人'，装什么大干部！"我刚巧走进院门，惊讶于母亲的言辞犀利，却看到父亲正在朝我挤眉弄眼。

小时候过年，一个衣衫褴褛的老乞丐走进我家小院，母亲盛了一大碗汤圆给他，父亲大喝一声："站住！"老乞丐惊回首，父亲捧着糖罐子追到小院门口，舀了两大勺砂糖给老乞丐。

有一年，外婆村里有一家女儿考上了卫校，两千块学费凑不上，那家的大伯是个万元户，却只肯借一百元。父亲大手一挥，对母亲说："把咱家二千块钱拿来，不用还了！"于是那家女儿有了学费。其实那是我家的所有积蓄。而此前，因家里不愿意交八百块钱，我哥没能转学到重点高中。

有一次母亲住院，同病房的一家乡下人，伙食也被我家无偿承包，那时还在计划经济时期，父亲任一家有数千职工的国企一把手，因母亲手术，他请了假每天给母亲做饭，也给那家人做饭。过了很多年以后，那家人过年还给我家送来一只土鸡。

1991年洪灾期间，家里住进了很多陌生人，都是来自灾区的流浪者，被母亲好心领回家。家里每天要煮好几次饭，菜也要一锅一锅地煮，父亲从没对此发过脾气，每天任劳任怨煮大锅菜。

念起父亲的种种有趣之处，我的心里充满了温情。当时只道是寻常，却已恍如隔世。

病中的父亲如婴儿一样羸弱。他卧病在床，难以起身，却决不肯躺着让人喂食，必须在病床的小桌板前坐正，方肯喝水吃药。每一次解手，必须要人帮他一点点挪向卫生间，从不肯用一次为他准备的便盆。后来我们专门买了一个椅式坐厕，他仍坚持不用。后来，他太虚弱了，有时来不及挪至卫生间解手，要强的父亲因自己的失态而悲伤流泪，对母亲说："对不起，对不起！"母亲就心疼地笑笑："客气什么呢！我又不嫌你。"

阳光晴好的时候，母亲会用轮椅推着父亲去河边广场看看花，呼吸呼吸新鲜空气，怕他受凉，用厚厚的大衣将他裹严实并戴上棉帽，怕阳光刺眼又为他戴上墨镜，母亲笑着说："给你乔装打扮，不让敌人认出来。"父亲勉力坐着，两人相对时漾着心酸的淡淡笑意，我们看着不由得哽咽。父亲一醒来，便躺着四处张望，寻找母亲，有时伸出胳膊搂住母亲的头，小声说："别走啊，一分钟都不要离开！""我不离开。"母亲答应着把头伏在枕边。当年驰骋沙场的铁汉啊，离世之前却像婴儿一般柔弱无助。

父亲一直很信任我，曾数次想与我细谈身后事，而我只顾说他杞人忧天，又不是大病。及至永别之日，始终未安静与他细细话别。母亲也怪我们隐瞒了病情。"早知道，我就多做点好吃的给他吃，我就不会老是凶他。"母亲总是遗憾地唠叨。也许，是我太鲁莽固执了吧，妨碍了父亲生前的倾诉。或许，我应该让他坦然地、郑重地把与我们话别的仪式提前完成。

像《来自星星的你》中所说，分离真正来临的时候，就来不及好好告别了。

父亲，也许，我真的欠您一次好好的、郑重的告别。时光倘能倒流，我一定紧紧握住您的手，认真听您把每一句想告诉我的话娓娓道来。

所有分离，若来得及，请给彼此一次细水长流的交代，待岁月走远，仍可堪回望，所有的细节都值得细细想念。

有时候，一旦不在，从此不再。

2015年6月21日

一只叫菠萝的小狗

美丽的、可爱的小菠萝走了，去天堂了。

儿子说不让我写有关它的任何文字，怕曾经太美，徒增伤感。看着它在照片中小眉小眼、一脸惊讶的滑稽表情，为让所有见过它的人都开心不已。

菠萝是同学秀琴送我的一只小松狮犬，我不喜欢养宠物，可是那天，它跟在秀琴的身后一走进门，忧伤的眼神就把我吸引住了。我以为它是只公狗，起个什么名字呢？不如叫"阿波罗"吧，够阳刚。还是叫"波罗蜜"，般若波罗蜜，够神秘。看它肉滚滚地在我面前挪着小屁股，颜色造型都神似一只圆圆的小菠萝，干脆就叫"菠萝"喽！

多么可爱的小菠萝，它才来到这个世界短短一个多月啊！只与我们相处了十天，缘分就尽了，小生命的逝去竟让人如此伤感。我无比愧疚，愧疚于没有善待这个小小的生命。

它是如此乖巧痴情，每天不声不响，只要看到我，它就围着我转。我在书桌边打字，它就在电脑椅下面的垫子边上安然卧着睡觉。偶尔转椅的滚轮压到它的毛，它发出惊呼，然后撒娇地哼哼两声，再小心翼翼地往垫子边上挪一点，怕再被压着。但它又舍不得离开太远，始终像个小孩子，来来回回挤在大人身边。

菠萝是如此娇憨美丽，没有人见到了不心疼。它圆滚滚的，像一个褐色的毛球，肥嘟嘟的小肉屁股摇来摇去，在你脚边温柔地磨磨蹭蹭。你和它柔声细语，它就风情万种地赖在你怀里，你大声训斥，它就眨巴着忧伤的小眼睛，无所适从地看着你，看得你不忍苛责。

菠萝像个真正的贵族一样洁净高雅，只有在想方便时才哼唧两声，让我放它出去。它会急切地迈着小碎步穿过门前小道，跑到对面的草地上方便。我想，它一定是不好意思让我们看到它出恭时的样子吧？即便是病中，不吃不喝三天，站立起来都费力的时候，它依然那么洁身自好，每一次都要勉力爬将起来，跌跌撞撞去指定的地方方便。那种高贵的坚持，看得人流泪。

菠萝如此任性又机灵，一看到我要出门，它就用毛乎乎的小身躯趴在我的拖鞋上，两只前爪抱着我的裤管，以为这样，我就不能走路，就可以留在家里陪它玩耍了。

家里有一只白色的玩具毛绒小狗，菠萝误以为是它的同类，拖着小玩具疯狂玩耍折腾。看它喜欢，就送给它吧。于是，它每天叼着毛绒小狗上蹿下跳、甩来甩去。玩够了，就枕着毛绒小狗在地毯上小憩。看我们要带它出去遛弯儿，它立即把毛绒小狗叼回自己睡觉的小盒子里放好，才跟我们去外面遛弯儿。菠萝啊，你也知道这是你的玩具对吧？它就像一个小女孩，知道保管好自己心爱的布娃娃。

菠萝是如此依赖和信任着我。每天晚上，它会挪动着肥肥的小屁屁，一撅一撅地拱上楼梯，悄悄地蜷在我卧室门口的脚垫上睡去，早上，再悄悄自己挪下楼去撒尿。有一次，公司几个同事商讨一个方案，闭门在我家里开了两天会。它就在客厅里，保持离桌边众人最近的距离，乖乖地卧着听，像个懂事的孩子一样一声不吭，好像能听懂我们的话。听累了，它就闭上眼睛小睡一会儿，醒了就眨巴着好奇的小眼睛看我们一会儿，无聊了就蹑手蹑脚地到客厅里转悠一会儿。

菠萝如此地敏感和脆弱。开会那天晚上，它像个"人来疯"的小孩一样兴奋过度，居然到我卧室的地毯上留下了一坨小狗屎。然后它掩耳盗铃般就是不看自己的劣迹，仿佛只要自己不看，罪行就不成立。小伙伴帮助教育它，一边捏着它的小嘴巴强行让它看那坨小狗屎，一边作势欲扇它耳光，让它长长记性。可能这训诫超出了它的心理承受力，严重伤害了它高贵的小心灵。甫一撒手，它就闷闷不乐地挪着小肥屁股独自下楼去了，留下一个孤独惆怅的背影。而此前无论我们怎么撵它，它都不愿意离开。过会儿我心中觉得不忍，下楼想去哄哄，菠萝正蹲在沙发一角独自忧伤。小伙伴哄它，它就赌气地把头转到一边，转到那边去哄它，它又把头转向另一边。它倔强地表示，这一次它是真的很受伤，以沉默的拒绝守护着一只狗的尊严。及至我出现，四目相对，无比诚恳地跟它道歉，又安慰着抱起它，轻轻抚摸它的毛，它才在我身上挨挨蹭蹭，很委屈地撒娇似的呜咽起来。

经过教育，我拿了洗过的垫子放在阳台上给它方便用，次日上午，它哼哼着，硬拉着我的裤管去楼下阳台，噢，原来它是根据规定严格地方便在垫子上了，现场讨表扬呢！

菠萝患病时，有一次吐了一点儿胆汁到它睡觉的布垫子上，便很难为情似的望向我，然后低眉顺眼找到一个不容易注意的角落默默面壁思过很久。住了几天宠物医院后，它的病情未见好转，后来菠萝滴水不进，每天病恹恹地躺在睡觉的盒子里。看我下班回家，它还勉力支撑着病体，站起身向我摇摇欢迎的小尾巴。这动作每每让我心酸。

给它打针，它就像个孩子似的哀哀哭泣。那天又到了打针的时间，它听到开门的声音，就硬撑着病中的小身体，躲到跑步机底下的一个小旮旯里。遍寻不见，我还以为它丢了，其实，它是害怕打针，躲了起来。

有天早上，菠萝自己喝了一点儿水，排便似乎也正常了。我欢欣雀跃，以为治疗有效，它开始好转了。我晚上有应酬，怕它独自在家会寂寞，中午就把它送到我妈妈那里。在院子里放下它时，它还在太阳下像视察领地的将军一样骄傲地闲庭信步一圈。临走前，我喂它吃了一点儿葡萄糖，晚上不放心打电话问，妈妈说一直抱着它，它病歪歪地在妈妈怀里哼哼，像个可怜的小孩。我有些担心。

从淮安开车回家的半途中，妈妈突然来电话，哭着说，菠萝死了。

可是，我车里还放着酒店给它打包的肉糜炖鸡蛋呢，它怎么就死了？我不相信！

是误会吧？小东西是睡了，还是休克了？我赶紧打电话给医生小姨，请她赶快去给菠萝急救。过会儿小姨回电说，没用了。我到家，看见小菠萝，它真的死了，毫无生机地躺在它睡觉的那个纸盒里，眼睛还眯成一道小缝，仿佛在说："下午你去哪儿了？我怎么就找不到你了呢？"

因为怕烦，我从不养宠物，菠萝是第一个。没料到这个调皮可爱的小生灵竟与我如此缘浅。给它治病的时候，我才知道菠萝原来是个女孩子，内心的愧疚和爱怜便更泛滥了。

一只长大的松狮将多么高大美丽，将有一身多么高雅的褐色毛发。而我小小的菠萝，还没来得及长大呢！还没来得及用到新添置的很多狗狗物品，还没来得及把叔叔送的磨牙玩具排骨啃坏，还没来得及去门前新绿的草坪尽情撒欢，还没来得及和威风凛凛的大松狮谈一次恋爱，红颜薄命的小菠萝，可怜的小宝贝，就走了。

对不起，亲爱的小菠萝，我没有照顾好你。让你在这样一个下雨的晚上，孤孤单单地去了天堂。你那么信任我，走的时候，你却没有在我怀里，我没来得及给你梳梳毛，也没有用眼神与爱抚和你认真告别。

流泪，流了很久的泪。把你埋在妈妈门前的花园里，让你在葡萄架下入土为安。

以后，我想我再也不会养小狗了。

安息吧，我心爱的小狗菠萝。

2010年3月19日

文艺新实力
NEW FORCES OF LITERATURE

已出书目：

《茶洲记》

《如在》

《小小悲欢》